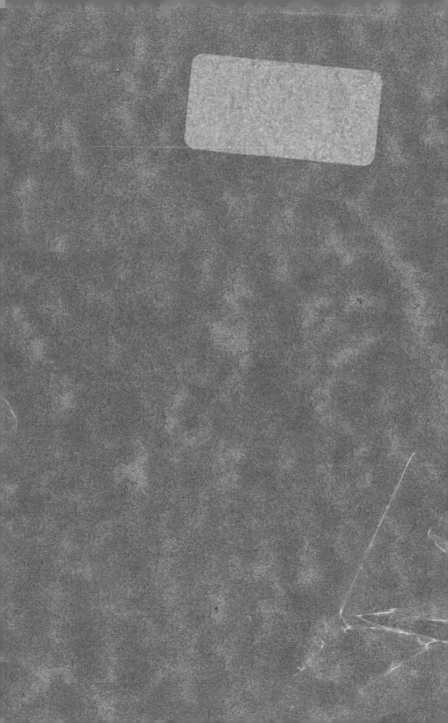

我想引用一句羅伯特・瓦爾澤的詩句：
月亮是夜晚的傷口

也想為這詩句續寫一句：
月亮是夜晚的傷口
也同是夜晚的出口

將這本書獻給我的室友Gennie
以及與我們共同生活的貓咪宇宙
謝謝她成為我的星辰
謝謝牠成為我的宇宙
謝謝我成為我的月亮

謝謝世界是世界，而你成為你。

月亮是夜晚唯一的光芒

不朽・文

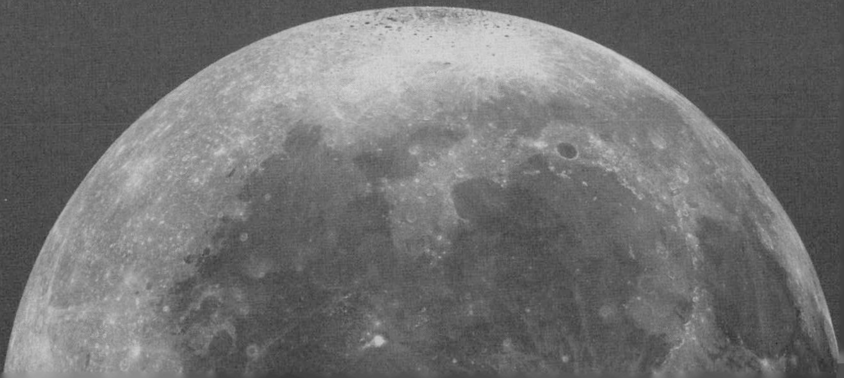

Content

月亮是夜晚唯一的光芒

輯一

陰晴圓缺

lunarian

月亮是夜晚裡最亮的星。

和月亮相關的一些浪漫詞彙：

月暈、月波、月影、月令、月窗、月鏡、月羽、月朔、月宇、月覆、月魄、月棱、月闕、月杵、月離、月幌、月晦、月窟、月霽。

我的生活絕大部分是由夜晚填滿的。

因為失眠嚴重地影響到我的日常生活，苦不堪言，想起晚上要睡覺了，大概五個小時前就會開始焦慮，擔心自己無法好好入睡。大學時期的我，由於要兼顧打工和學業，體力和精神都非常重要，一旦睡不著，第二天就無法好好地進行一天的行程，搞砸了一件事就會讓自己更討厭自己一點。因為無法好好做事，也無法好好吃飯，導致我的生理和心理都就此崩潰，夜晚成了我的藩籬，我從此困頓於此，荒廢了日子。

印象最深刻的時候，是在韓國交換學生的過程中，住在國際學生宿舍十二樓，當時我已經好一些天沒有睡覺了，白天有必須要去做的日程，身體卻總是昏盲，腦袋裡像是有無數隻蟲蠍在蠕動蛀蝕著，黏稠凝滯。我很想睡著，可是卻忘記了睡著的方法，我是我的負擔和累贅，好像除了死亡，怎樣都無法逃離自己。

五月底，我還記得從十二樓的宿舍望下去，人可以這麼渺小，這麼渺小的身體裡面卻藏著那麼多銳痛。

在最想要離開我自己的時候，天上總是有月亮。

它好亮，它總是好亮好亮。

那晚的天上掛著亮晶晶的弦月，陪我一起經歷了好多形單影孤的日子，陪我走過了想死和想生的荒日。

因為那天弦月，我一直活到了現在。

聽說月亮的溫度起起伏伏，沒有被陽光照射到的時候，表面溫度平均是負一百五十三度，可是，那天晚上對我來說，這麼冷的月卻給了我那麼溫暖的陪伴。

在很多個以後的日子，我仍然逐漸被夜晚淹沒，仍然無法逃辭失眠的牆垣，可是藉此，我學會了去愛那些不夠圓滿的事物。

包括我自己。

快樂雖是一時的，缺憾也是一時的。

像月亮總是在奔赴圓滿，卻又滿懷遺憾。

人生不是一個達成的過程，
人生是一個形成的過程。

以前的我一直以為人生就是要達成什麼。

小時候家裡有一個讓我認真學習的獎勵，小學階段的每次考試，根據成績排名，考進十名以內，就能得到相對應的零用錢作為獎勵。第一名為港幣五百元，依次遞減五十塊，十名以後便沒有獎勵。

那時的我，為了能夠「賺」到屬於自己的零用錢，每到考試前夕，就會拼了命的讀書。

多多少少養成一點功利心，但效果顯著，至少小學時期，常年都居於三名以前，成為一名大人眼中的乖小孩，用功讀書、知書達禮的學生。我不認為這有什麼不好，至少我們每個人都在為了些什麼而努力著，可能是比較虛榮的事物，也可能是為了成為更加精神意義上的完人。

於是追逐一個目標，達成一個任務，對我來說是件太過重要的事。

像是征服一座又一座峻山，涉足一個又一個俗世，掠海一片又一片汪洋，在某些人事物上畫註記號，留下屬於自己的痕跡和拓印出自己的樣子，在絕地上滴下甘露，在無人之境插上自己的旌旗，總歸是件富有成就感的事。

為了達成，我同樣做出了許多犧牲。

從很早開始，我就希望自己能夠去很遠很遠的地方，去未知的海域流浪，哪怕寒霧薄生。所以走在離家的路上沒有太難過，比起傷心和不捨，可能對於未知的好奇感更大一些。可是，奔赴有奔赴的代價。

大一時剛到臺北，生活並不愉快。

首先是語言上的差異，雖說來臺生活之前國語就說得不錯，但常常在粵語跟國語之間切換，語言上總是會糾纏在一起，再加上韓語和英語，腦袋轉換不過來，經常一句話出現好幾種不同的語言。第二是所有異鄉人都會感受到的孤獨。新的環境未必就符合自己的期待，往往期望越多，得到的失望越大。然後就會陷入作繭自縛的狀態，自己把自己困住。第三是與熟悉的一切漸行漸遠。從前要好的朋友、同學、鄰居，曾經摯愛的美食、飲料、店家，以前經常路過的公園、路口，擁有過初吻的轉角，第一次牽手的馬路，想哭就想去一次的地方，每天坐的公車、地鐵，熟悉的紙鈔、硬幣，常掛在嘴邊的口頭禪，家裡的電視聲，習焉不察的一切細小事物，從前的一切，都逐漸被磨滅。

改變習慣並非一朝一日之事，起初的一年裡，最深的體會是友情。寒暑假回到家鄉跟朋友聚會時，他們談論哪裡新開了甜品店，但是我不知道；我跟他們說新環境的一些新故事，他們也未曾聽聞。就像是我們的世界出現了時差。陽光的角度跟重影變得無比鮮明，一切正在游離。

五年之後，我跟他們都失去了聯繫。沒有人的生命線能一直重疊在一起，大家很有默契，到了某一個分岔路口，就真的說走就走，互不回頭，青春許下的誓言遙遙無期，只剩下隱隱的回憶乏善可陳。

很多遺憾難以圓滿。

有時候社群平台會很親切地跟你提示從前今天的照片或者貼文，不知道為什麼它親切得過於明目張膽，彷彿順便提醒我，遺憾也不能忘。

臉書剛流行的時候，正好是我讀國中（中二中三左右）。那時的臉書沒有廣告、沒有那麼多奇奇怪怪的功能，就是一個分享照片和文字心情的地方。翻到最底下，是當時我喜歡上的初戀對象，我常發歌詞想要吸引那個人的注意，當然這些都成為了人生的黑歷史。後來上了大學，我還花了一整個晚上把從前所有動態都改成「僅自己可見」，有些回憶就是這樣，你既不想刪，又不想給人看。

中學畢業的那天我發了一堆相片，那個資料夾的名字叫做「回頭才發現，這個地方是愛與夢想的源頭」。那裡的簡介寫著，以下黑歷史展開——

「傳說中，高中是人生中最燦爛的花季，我回過頭來，驚覺這花開花落的季節已經不知不覺走向了終點。我總沒有細心留意這個地方，也沒有特別喜歡這個地方，可是原來它就佔著我的生命如此多的時間，彷彿已經成了我生命中不可分割的一部分。這一個花季裡，一路走走停停，哭哭笑笑，愛愛恨恨。總是抬起頭什麼都不畏懼，可是問題到了卻總像是世界末日，連飛過的鳥兒也可以牽動我們的一笑一顰，在這裡，我度過了一段不知好歹的歲月。

時間過得很慢，卻又過得很快，溫書考試的日子如此漫長，歡喜大笑的時光如此短暫。眨眼之間，已經走到了最後一天和同學一起穿著校服上學的日子。這一天，每一句話語，（、）每一個玩笑，（、）每一個笑容，（、）每一張照片，就連聽了六年覺得膩煩的鐘聲也不斷在我腦海徘徊。我的腳步走遍了這座校園，走遍了這些曾經，走遍了這段歲月，一步……一步……走出了校門。班級門牌上的1E，2A，3C，4A，5A，6A……儼如我的耳邊迴響（著）那些我顫抖的腳步聲。6A就像一個烙印，深深地印在我的腦海中。還記得嗎？兩年多前的我們是怎麼樣呢？我們不懂得愛彼此，歷經背叛、欺騙、厭惡、憎恨、排斥、太多太多，對我們來說一切都不陌生，然而，我們卻從這樣的（一盤）散沙，慢慢學會如何去愛，如何去相信、如何去建立一個屬於彼此的地方，後來每次想到這樣傻（里傻）氣的我們，我都還是忍不住流淚。以後，我再也無法坐在這個地方和你們一起上課，我再也無法趴在桌上睡覺被老師狠狠叫醒，我再也無法被你們取花名揶揄，我再也無法和你們一起笑罵老師，我再也無法望著你們認真讀書的樣子，我再也無法聽見你們爽朗幼稚的聲音，我再也無法哭訴我好想回到以前的時光。原來有些日子，我們真的回不去了。時光荏苒，韶華遠逝，也許在很久的未來，我不會再這樣天真幼稚，也許我會忘了你們的名字，也許我們不再有見面的機會，但是每當凝望著那褪色的校服，每當我想起那些笑與淚的回憶，每當我走過那些一起踏足過的路，我都會眼角濡濕，然後深深地記得你們每一個。還有，那些愛和那些夢。我們要愛了才知道這就是愛，然後，我們要追了才知道夢不再只是夢。」

想了很久才覺得應該要把原文寫進書裡。提醒自己，你看看你已經走這麼遠了。原來有一些人，那一天就是這輩子見過的最後一次。

照片中的我們人聲鼎沸，我一個人在臺北的路上落落寡歡。想起那些愛與夢的從前，我不知道此時是笑還是哭比較悲傷，是不是所有記憶回想起來悲傷的部分都比較多。實際上，我現在已經不再記起他們，就連臉書的「從前今日」冒出來時，我也不太想念。他們不再出現在我的生命中。遺憾是不是有一天也會淡忘。

我又想起這就是我想去的遠方，便覺得有所遺憾是必然的事。因為離家念書，我有了見到更大世界的機會，這樣我有了故事可以寫，走在我從前所渴望的愛與夢中。我遇見的人比我十八歲以前遇見的人多好幾倍，我讀的書是我以前看不懂的，我走的路曾經只在我夢裡出現，我嚮往的一切，顛簸與順遂，都來自我從前的選擇。

對啊，十八歲的我寫了：「你要愛了才知道那是愛，你要追了才知道夢不只是夢。」你既想要去遠方，就必須前往，必須離開現在所處的地方。你不能又在這裡，又在那裡。

大三的時候，我收到了高中班主任的訊息，說教過我某一科的老師因病去世，當時人在臺北，無法回母校悼念老師。我竟沒有哭，我想，有些時候，大概已經在心裡面說了千千萬萬次再見了吧。

遺憾是生命的殘跡。

說起從前，我必定會提到，畢業時中文老師在我的裙子上寫過的話：「預祝新書發佈會成功」。

第一本書出版的時候，我沒有告訴任何人，包括我的爸媽，我不知道要怎麼跟他們陳述這個事實，更多的時候，是覺得我的人生不需要向誰解釋，後來爸媽很時髦地學會玩社群軟體，才知道我出版的狀況。後來聽朋友的朋友說，才知道以前的同學都有在看我的書，我反而有種無地自容的感覺。因為他們正是這些故事的主角。

我不知道中文老師她是否知曉我已經出書了，受到很多人的善待，因此幸運地辦了幾場簽書會。如果有機會我想告訴她，我至今仍是她從前口中那個喜歡寫作的女孩，我走在夢想的路上，請不必掛念，我一切安好。很多遺憾終究形成了故事。

常常有人這樣問我，你會後悔自己做過的事嗎？或者有沒有哪一個瞬間或決定你想重來？有沒有後悔的事？最後悔的是什麼？我都一律回答，沒有，我對於過往的一切，從不後悔。

這聽起來就像是在放屁。人怎麼可以沒有後悔的事，後悔今天沒有更早一點起來，而錯過某一班公車，以致上班、上課遲到；後悔沒有搶到喜歡的偶像演唱會門票；後悔買了某件東西；後悔沒有買某件東西；後悔沒有更早地去做那件事；後悔做了那件事；後悔沒有更加用力地愛一個人；後悔太過用力愛一個人；後悔讀這個科系；讀了別的科系又後悔沒有讀原來的科系；後悔沒有更加努力；後悔努力了也沒有結果；後悔成為現在的自己；後悔沒能成為自己；後悔無可奈何地活著；有些人到死時後悔沒有真正地活過；後悔生，也後悔死；後悔到目前為止的人生裡，沒有成為光；後悔一切，後悔來到這個世界。

要後悔的事情太多了。多到再給我一次機會，也不知道要從哪一刻開始去改變，才能扭轉現在的困境，才能不再那麼腐爛。我不知道要從過去的那一部分開始修理，才能擁有一個不那麼凌亂的人生。

雜亂無章的過往無從入手，唯有盤桓原地，難以提腳往前。

分享一個這幾個月來我收到來自讀者的提問：「後悔和遺憾，你會選哪一個？」

這其實是一個很弔詭的問題，乍聽之下，後悔和遺憾是同一件事。但我想了很久，我終於明白了，那些在從前日子裡所被描摹的一切殘缺，事實上並不等於我後悔做了某件事或者不做某件事，那更像是一根芒刺，扎進了歲月裡，以此分裂出千萬層細紋，它們會將「我」投向不同的涇流，而每一個平行時空的我，都有著我未曾嚐盡的辛酸。

遺憾並不等於後悔。

遺憾只是取捨的結果。

每一個決定都存在著取得和捨去，而當「做」出什麼的瞬間，就自動地捨去了一些選擇，以及其他未經選擇的航途，帶我們去未知的地方，成為未知的人，步入未知的路。

世事總是相對的，因為這些相對的事物，而有了達成些什麼，也在達成些什麼的瞬間，捨棄些什麼。

所以上述所說的任何一個後悔，其實只是未能實現的自己，而在那個自己的眼裡，現在的我也是自己未能實現的願望，不是嗎？

所以我不後悔，而在未來的萬千平行世界中，我都不想後悔。我想尊重在每個路口作出選擇的自己。

縱使好多遺憾。

那些未能填滿的許願，未能實現的誓言，未能成就的一切，期望的落空，理想的崩毀，對於生死的迷茫和殘缺，就當作是我給自己的饋贈。

近日讀天文學。

你知道嗎，我們永遠只能看見月球的一面。

即使過了四十億（月球上最古老的海洋約四十億年），我們仍然只能看見月球的一面。萬有引力的潮汐永遠都在發揮它的作用，在我們看見的光亮背後，有無數未知的事物。

永遠有未知，永遠有遺憾。

那個我未能做出的選擇，我不知道它背後延展出來的結果如何。因為做任何事情都需要付出代價，而唯一的代價就是「不能重來」，時光無法倒流。我可以一直擁有再去做些什麼的勇氣，但我絕不會擁有改變過去的能力。

我們做出的選擇就像是朝海投送出去的漂流瓶，它可能墜進茫茫大海，不再歸來，也可能流散至小溪流水，穩而緩慢。

而我既遺憾，又勇敢。

所以任何一個路口的躊躇和停駐，都會遁入不同的世界和宇宙。

那就是說在山水萬程裡，我有好多千千萬萬個可能，都不會遇見你，不會遇見現在的自己，對嗎？

宇宙真浪漫，那麼多錯過，唯有我在這裡，奔向你。

我不知道，
當人們講到圓滿的時候，
是指不再失去，
還是曾經擁有。

多少過錯，
都要重新來過。

五月了。

該把長袖衣服都收起來。

習慣在夜晚生活的我，還是有點不習慣天太早亮起來。

冬天的時候，到了六點多，天微微地發亮，有一個瞬間，會看到有光穿過黑暗，穿過夢境，穿過深沉的一切，照亮了窗櫺，然後我知道自己要去睡了，可以去睡了，我不必害怕睡去，也不必害怕醒來。

春天比想像中的還要隱密。

就在這樣的夜晚更迭了季節，無聲地從立冬到歲晚，從歲晚到了立春，今天五月四日，立夏了。如果用天作為單位來數算，一年很長，用季節來計算，未來則太短。

立夏的夜，五點多幾分就會亮起來。

三四月的時候，我買了月亮的拼圖，拼了整整五個日日夜夜，天反覆地亮，夜也反覆地來，我常常覺得無聊，日出和日落不過是字面上的差別，白天跟黑夜也不過是換一個背景，所以沒關係，沒關係，我可以睡不著，我也可以醒不來。

五個日日夜夜之後，我把月球完完整整地拼好了，也裱框了，它放在我睡房的角落，是我睡前最後一眼和醒來第一眼會看見的事物。

一個大大的月球。當時我寫了日記，我說我登月了，我擁有了一個月亮。

人類是非常矛盾的生物。

夜晚太長，總是覺得心事太多。白天太長，卻總是覺得時間太多。

戲院推出了由英國國家劇院現場演出的《倫敦生活》，我特地提早預購其中一場的門票。

它被改編成電視劇，也拿了很多很多的獎。每一次，當我對生活感到麻木的時候，我就會去看《倫敦生活》，去看故事中那個跟我一樣麻木不仁，卻快樂地過著每一天的女主角，我會想跟著她大笑，最後笑著笑著，就會跟著她大哭。

現場版《倫敦生活》跟劇集版有些微的不一樣。

她的咖啡廳有一位常客——喬，他是位老人家，他說：「我喜歡人，只是他們有時候會使我失望。」女主角說：「是的，人類的確很爛。」喬說：「不不不，人類是美好的存在，只是偶爾會犯錯。」

然後，她的好朋友說：「人類會犯錯，所以鉛筆後面才會有橡皮擦啊。」是的，人總是犯錯，為了調整所有錯誤，我們總是花太多的心思在抹殺一切的錯誤，訊息可以收回，照片可以刪除，移除到垃圾桶後又可以復原，寫錯字了可以用修正帶，電腦程式可以按「上一步」，密碼錯了可以重新輸入。因為人總是犯錯，錯了又錯，然後再後悔自己的錯，或者後悔著自己的後悔，錯過了後悔的後悔，後悔著錯過的錯過。

可是人不是鉛筆，人也不是機器。

人生的歷程更不是手機相簿裡數千百張可刪除又可復原的照片。

人像是紙張，一頁又一頁的紙張，一本又一本的紙張，發霉的紙張、泛黃的紙張、被撕裂的紙張，而紙張被書寫了就不會再光滑無暇，紙張被揉過了就不再平坦，這才是人生。所以，我們所謂的重新來過，都只是翻了頁，而不是重寫。

人生不能重寫，人生只能續寫。

很悲傷。

故事中女主角犯了錯導致自己唯一的好朋友自殺，她的生活並不如意，和好朋友一起運營的咖啡廳經營不下去了，她的媽媽去世，和姐姐關係也不好，她對於性愛有狂熱的沉溺，她說：「我的身體是我擁有的全部了，是我僅有的全部。」

她搞砸了自己生活的每一個部分，可是她還在生活，仍然生活，繼續生活，繼續把未來變成現在，繼續犯錯，繼續翻頁，繼續試圖著重寫又寫錯，寫錯又重寫。

我好喜歡她。

我喜歡犯錯的人。
我喜歡犯了錯，依然願意往前走的人。
我喜歡犯了錯，知道自己的錯，並且敢於為自己的錯感到心痛的人。
她好美，犯了錯還繼續生活的人真的很美。

因為過於喜歡《倫敦生活》，以致我不想和任何人一起看它，我想自己去看它。但在看完的路上，大概是我這幾個月以來哭得太慘的一次。

我能想像自己的樣子，走在喧鬧無比的街道上，踩著高跟鞋，腳有點疼，可是我只能假裝自己意氣風發，那邊的綠燈只剩下十二秒，我必須筆直地小跑步過馬路，那看起來才算是大人的、成熟的、新時代的女性。可是我好難過，眼淚滑過臉頰，口罩被落下的淚水滲濕，我知道要是我停下來，一定看起來極其狼狽，於是我沒有，我往前走，一直往前走，越過馬路，走進人群，走進世界，我看起來那麼像我眼中那些毫不認識、如此平凡的陌生人，我知道我永遠只是他們當中的一分子，然後這樣渺小地度過或許在人生中只是短暫得像是一閃而逝的一夜。

紙張被書寫，紙張被滴濕，紙張又再被攤開，紙張又再被書寫。

就在那天，我寫下這樣的一段話，剛好呼應了劇中的台詞。

我很熱愛這個世界。
只是它偶爾讓我失望。

是的。

我們有一萬個討厭世界的理由，一萬個活不下去的理由，一萬個傷心到無法自拔的原因，可是僅此一件事，或者人事物，可以抵住所有嗒然若喪，就僅僅以此，一直熱愛下去。

我不知道要怎麼總結生活，或者人生，或者世界，這幾個那麼虛無卻又真實的字詞，不知道什麼才算是好或是錯，我不知道是不是獲得了某一些東西或成就後就能夠算是圓滿。

有時候晴天對於某些人來說，陽光過於刺眼。也不是所有人都覺得雨天就是陰暗和憂鬱的，不是每一個人在雨天的時候都需要傘。

所以我不知道怎麼去評論這一切，喜歡或不喜歡，圓滿或缺憾，擁有或失去。它們在某一種程度上都不過是相對應之物，而往往，這些相對的事情，都是同時出現的。

像是我覺得我的生命並不圓滿，但是遺憾，或許，也算是一種勇敢。

我喜歡這個世界啊。

喜歡這個世界，這麼殘酷，這麼殘酷，卻從不無路。

要明白，生命有接受缺憾存在的必要。

可能是日落，可能是雨落，可能是深深地墜落。

你依舊是我的渴望和臆想。

你知道嗎，我曾經熱烈地愛過這個世界。

在愛與不愛裡，悄悄成爲了自己。

常常聽到人們說，想要找回最初的自己。

或許是在夜深人靜的時候，感嘆現實怎麼把自己變得如此不堪；或者在某些不知不覺的時刻，居然就這麼輕易地弄丟了自己；或者只是，想要見見自己最真實的樣子。這些種種的想法，讓我們想要把那個自己找回來。

事實是，我們找不回來，更重要的是，我們不需要找回來。

前陣子一個年輕的朋友跟我分享了她失戀的故事。

一段關係總是浪漫的開始，從相遇到相知，陌生的靈魂逐漸淺顯出來，交付了真心，把自己的一部分付託出去，能理解對方，也能委屈自己，為了愛，能夠割捨自己世界裡很多很多的東西。

對方是正在備考研究所的人，所以他的生活重心自然大部分放在學業上，不常回她的訊息，也不總是花那麼多的時間在她身上。起初她覺得那沒什麼，總有一天會考完研究所，她應該陪他度過這段難熬的時日，而不是任性地要求對方多擠一點點時間在自己身上。於是她習慣了等待，習慣了被動，習慣了到了夜晚的時候欣喜地收到對方一條似有若無的問候，也習慣了那些欲言又止。

可是，世界上許多東西都是有極限的，可能只是某一句敷衍，可能只是語氣的怠慢，她忽然問自己，這段感情存在原因。她有點記不起心動的感受，因為在後來漫漫的相愛時間裡，她感受不到初時的愛意，也因為她早就已經不再是那個當初純真而為奮不顧身的女孩了。

她發現自己的樣子在這段關係中漸漸變得模糊，為了妥協，為了接受自己不是對方最重要的排序，為了這條相愛的繩子不被切斷，她做了好多捨斷，包括自己。

故事的最終，是她寫了一封長長的信，在除夕的時候，發給了對方，她說她決定要往前，她要去尋找自己了。

最初她做出愛的決定，後來她做出了不愛的決定。

她問我，她能找回自己嗎。

我笑著抱抱她說，不用去找，現在就是你自己。

最後她沒有得到回信，但是我想她已經沒關係了。

像是某一天，當自己下定決心要做些什麼的時候，並不是期待世界或者某一個人給予什麼回應，而是在於，在那一刻，自己做出了果斷的決定，而這個決定，讓自己不斷地往前走。

我剪過短髮，把及腰的長髮一把剪下，不能再像我心目中的女神那樣，擁有一頭又長又美的秀髮了，可是看著鏡子前的自己，卻感到無比滿足，這樣的決定，即使無法讓我成為「更好」的人，卻讓我捨得眼中的風景，奔赴下一個遠方。

在很愛之中的自己，甘願去愛，去義無反顧，甘願為了對方妥協，甘願付出，這是你自己，你見到了如此柔軟的自己，一顆跳動的心臟，擁有飛蛾撲火的衝動，偶爾優柔寡斷，偶爾患得患失，卻也得到了生活中意想不到的快樂和勇敢。

在不愛之中的自己，痛苦淋漓，被愛撕裂的碎片，劫後餘生，浴火重生，有了勇氣通往未知的地方，學會了和壞掉的事情說再見，學會告別，學會割捨，學會接受錯過，也學會了奔赴下一趟旅程和下一個人的擁抱。

愛的時候，是自己，奮不顧身、真誠、偉大。

不愛的時候，也是自己，果斷、勇敢、堅強。

所以不用刻意找回哪個自己，我們都在無數個愛與不愛的路上，悄悄地編織出自己的樣子，這個樣子永遠不會和最初的自己相同，有時候會很懷念，有時候也會在想，如果我依然是最初的自己該有多好。但不必太牽掛，從前的自己就放在心上念念不忘，現在的自己就好好出發，未來的自己仍然如此值得期待。

記得啊。

哪一個自己，都是漫長的生活詩篇中，自己的樣子。

一天的晴空萬里能抵過漫長無邊的雨季。

每一座孤島都會遇見海，沒有例外。

新的一年的某一天，我把微博帳號的名稱，從「不朽朽的孤島」，改成了「不朽朽的星球」，然後發了一條日常，有一個來自網路遙遠一端的人在底下留言：「從孤島到星球，終於等到你。」不知道為什麼，我感動了很久。

這是一趟漫長而沒有盡頭的旅程。

幾年前我曾經在一篇Instagram的照片下寫說：人的心就像孤島，像魯迅先生說的：「人類的悲歡並不相通。」是的，我總覺得自己像是一座孤島，想說的話沒人聽，心事無從說起，悲歡都是孤寂的星，群星並不相擁，星群都相隔幾萬光年的距離，無法感同身受，誰的快樂在我眼中很熱鬧，誰的悲傷在我眼中很喧嘩，但我不屬於那裡，於是慢慢習慣了內化自己的傷口。沒關係吧，沒人懂就沒人懂，收著、藏著、掖著，成為自己的秘密，成為自己的印章，不需要訴說，也不需要光顧。

所以上一本書中我寫「成為一座孤島，也能找到屬於自己的美好。」這話並不虛假。

在大塊大塊的自卑之中藏著那麼一點點狂妄，大概也是覺得自己的悲歡總是獨一無二的，所以也不必分享，獨自美麗、清高。

爸爸的年紀已經很大了，看過的風景比我生存的年日還要多，他常常跟我說要知足常樂，我都覺得他是在講廢話，誰不知道，但你不知道我正在經歷的坎，而且有些部分是沒辦法跨越的，我覺得他說什麼都是對我的不尊重，覺得他不懂我。後來轉念才明白，世間又有誰真的懂誰。

十八歲離開家之後，就沒有跟家人一起生活，這些年來我一個人的勇往，在爸媽的眼中都是遠離，離家越來越遠的路途。

有一天他打電話來跟我說，他好孤獨，我笑著和他講完電話，半夜想起這四個字，我悄悄地哭了。就是這麼四個字，好沉重好沉重，沉重到我沒辦法喘過氣來。

孤獨意謂著什麼，準確來說我也說不清楚。

不是孤單一詞那麼表面，僅僅只是一個人掂量。也不是寂寞，不是如暉日落下那種空虛難耐感，不僅僅是孑然一身，或暗無聲息，或槁木死灰，或無枝可依，都不是，孤獨很難用詞彙概括。

硬是要比喻的話，更像是一大片沒有盡頭的海，然後一艘小小的船兒，在海浪中間飄著，說不清是飄揚還是飄浮，就是飄著，靜靜地，遠遠地，久久地，如孤島遠離海岸。

如被拋進真空的宇宙，成為銀河系的星塵。

原來人是真的會越活越孤獨的。那一刻我知道，當一個人越習慣堅強，越習慣獨立，是會活得越來越孤立的，一開始是主動成為一座孤島，覺得唯我獨尊，有時候也妄自菲薄，不懂輕重，看見眼前的山坡，看不見身後的群山，所以想做一顆獨一無二的星，哪怕找不到另一顆星球也沒關係，可是最終，最終，群星會變成孤星，孤星會變成星屑，星屑會被腐蝕，會被黑洞吸走，會變成荒蕪。

以前我享受孤獨，現在我明白了，長大就是一個越來越孤獨的過程。一開始是沒人能夠幫我的忙，當我離開家鄉到別的城市或者國家生活，去留學和開始旅居的生活，一個人扛著幾十斤的行李，在機場哭得四崩五裂，租房子被仲介騙，獨自打掃租屋處，在沒有人的夜晚看著天慢慢地亮了起來，身旁沒有一樣我熟悉的事物，那個時候覺得真的好孤獨，沒有人幫自己，往海投石，音信全無，可是我想沒關係啊，從此我就成為一個獨立的人，再遇見恐懼的事物，也流著淚硬撐著去做，再碰到難走的路，即使穿著磨腳的鞋，也能硬撐著走過。後來，當我真的成為一個獨立的人，發現自己是不需要誰來幫我的忙。再後來，是不知道怎麼樣去找人幫忙。

有時候是不想說，有時候是無人可說，有時候是說不出口。

一個慢慢孤獨的過程，形成了我爸爸輕描淡寫的四個字：我好孤獨。

可是生命的延展真的是這樣嗎，緩緩地變成了一座無人光顧的孤島，真的只能夠這樣嗎。

把名字從孤島變成了星球，是因為，我希望自己不再成為一座孤島，而是成為一個星球，它會獨自運轉，它有自己星系，有自己的溫度和形態，每一個星球的介質和核心都不盡相同，可是星球跟星球之間會遇見，它們會有相遇的軌跡，會有交匯之處，彼此相遇然後再回到自己的生活，我希望自己的生命能夠這樣，那麼，這樣的我就不是孤島，是宇宙，是萬物。

很久以前，我聽說宇宙最最初始的物質結構，所有的密度可以精準到小數點後的約六十位數字。也就是說，這個宇宙在看似虛空的黑暗和光影之中，隱隱相互牽動，這些初始物質結構只要在這麼微小的地方出了任何差錯，宇宙即不再成為這樣的宇宙，地球也不再是地球，從此一切天翻地覆。

這就是宇宙的法則。

各自獨立的存在，可是缺一不可，只要缺少任何一個星球，都不會成為今天的宇宙。

我想要這樣浪漫地認為，缺少任何一個人，都無法準確地維持著世間的運轉，所以孤島不是孤島，只是疏遠的大地。
星球並不孤獨，只是有自己的星軌，而我們用一生去運行。

給自己一個新的任務，學會成為一個分享的人。
學會分享很重要，學會與世界連結很重要，和世界交織的方法可能不是一座橋，可能不是住進另一個人的世界，可能你也不會遇見另一座孤島，可能你不會變成群島，可是每一座孤島都會遇見海，沒有例外。
別成為一座孤島，別鎖死自己的悲歡，而是主動地去投入宇宙之中。

成為自己的星球。
再去熱愛整個宇宙。

應該是從喜歡裡得到力量和快樂，
而不是花光了力量和快樂去喜歡。

生活不是童話。

好不容易研二了，我在北電的研究生生活記憶實際上只剩下遠距上課，隔著螢幕看老師講一些關於電影的劇理理論，有時候不小心睡著了，竟沒有一絲負罪感。應該說是實感才對，隔著螢幕的一切，本來就毫無實感可言。

研二有一個很重要的事情，就是我們的開題答辯。

跟臺灣的朋友講到開題答辯總是要解釋一下，就是一場會議，跟多位教授報告自己的畢業論文和作品的創作大綱及研究的方向，然後老師們會就他們的觀點嚴厲地提出一些意見，通過了答辯才可以繼續創作自己的畢業論文和作品。大概就是一個這樣的過程。

關於這個畢業作品，其實我的指導教授很早就讓我們開始準備想要研究的論文方向，以及自己的劇本作品想要寫一些什麼體裁的故事，想寫愛情劇還是職場劇，想寫懸疑劇還是奇幻劇，提早準備，就可以提早努力，不至於在開題日將至還臨時抱佛腳。

從二〇二〇年中後半開始，我的精神狀態一直都不是很好，身體情況也時好時壞，創作能力自然大大地減少，或許是說想寫的東西減少了，做事的熱情也就消滅了。

我的指導教授是一位看事很透澈且寬容的老師。遠距上課的時候，往往只要給出合適的理由，他就會同意我們幾位同學想做什麼就做什麼，想寫什麼就寫什麼，不做過多的干涉。我一直記得進入研究所沒多久，老師說過一句話：「沒有故事不能寫。」

我們的上課模式也很有趣，一個學期要寫出一個劇本當作劇本練習。研一上學期是寫一個自己想寫的故事的第一集。第一集總是最重要的，電視劇跟電影十分不同，無法鎖住觀眾在電影院裡九十分鐘的時間（雖然現在我們也不一定在電影院裡看電影了），電視劇更像是一次漫長的旅程，隨著集數越長，讓人看下去的意欲也就相對減少，雖然都是完整的故事，但電視劇更加需要一點耐心。於是第一集很重要，開始很重要，不止是電視劇，一切的開始都很重要。第一次約會、第一次親吻、第一次戀愛、第一次分手、第一趟旅程、第一次離家、第一份工作、第一份薪水、我的第一本書、第一份合約、第一場簽書會、第一次近距離看到偶像的演唱會、我第一次的獨居生活、第一次進醫院、第一次在書店排行榜的第一位、我第一次在網上看見罵自己的人、第一次病發、第一次在國外被小偷扒錢包、第一次和好友絕交、第一個給自己買的精品包包、我和室友一起養的第一隻貓……很多第一次，開始總是要令人印象深刻，像書的第一章、第一篇文章一樣，人生中所有的開始都很重要，所有開始都注定著以後，所有的第一次都在奠定後面是僅此一次還是無數次，所有的始端都是基石，都要好好投放。

因此，電視劇的第一集要抓住觀眾的心，要介紹好人物，要鋪墊整個故事基礎，不能太簡單，這樣觀眾會覺得沒意思；不能太複雜，這樣也會讓觀眾沒意思。要適當的潛埋伏筆，要適當的引起好奇，製造懸念，要給一點東西但不能給的太多，像是海明威提出的冰山創作理論，意指講故事的方式像是冰山一角，只在海面露出八分之一。

所謂開始就是這樣，它只是人生很小的一個部分，卻是人生裡很重要的一個部分。

總之，只要寫出電視劇劇本的第一集就好，甚至也不用仔細去思考故事的中後半和結局，故事不完整也沒關係，人物塑造有什麼缺陷或不合理也沒關係，就單看第一集，要怎麼樣讓人繼續看下去，要怎麼樣抓住人心，要怎麼樣讓人為這個故事停留，雖然會有點嘩眾取寵，但必須要承認，能做到這一點其實很不容易。

比起缺點，我們要看的是重點。

研一下學期的課題，我們改寫了《請回答一九八八》的某一集劇本。簡單來說，就是用原故事的所有設定和場景，加上自己的新想法，有一點類似同人故事的創作，或者說是故事續寫。看過這部劇的人就會知道這是個聚集了親情、愛情、友情的電視劇，人物關係雖然不複雜但是各有各自的煩惱，每個家庭有每個家庭要面對的艱難。看上去很容易，但是我們花了三個月的時間才相互合作整理好所有人物的背景和生平，中間每個人的劇本經過數十次的更改和替置，甚至也不是寫一個原創的故事，甚至是看上去毫無意義可言（並不是針對劇本身）。

在那一陣子，我絲毫不想看劇，不想讀研，每天都想休學，一直在想，丟失的東西好像比得到的東西要多。

自從準備考研開始，觀影不僅僅是我的興趣了，它變成了我每天必須要去做的事。

讀研的時候更是，可能也是因為有一種身為讀編劇的人就是要閱片無數的自負心，每天會給自己安排固定的觀影量，像是我準備寫書時，每個月都會給自己定下閱讀清單一樣，它（們）變成了每日的作業。當一件事情變成了生活的課業，成為了「必須」以後，你就會失去了自由。

你開始不能夠隨心所欲地去做了，開始不能游刃有餘地去決定要看還是不看，要寫還是不要寫，要做還是不要做，你就是要，因為它是你生活的作業，而作業就是要完成。

這就是為什麼，幾乎沒有學生喜歡寫作業，幾乎沒有人久經年月後仍熱愛工作，它成為了生活，而生活總是苦的，熱愛的事也漸漸染成苦的顏色。

我喜歡看懸疑劇，但是我現在不僅要看懸疑劇，還要看職場劇、愛情劇、警匪劇、家庭劇、科幻劇、喜劇、悲劇、各種劇。我喜歡看小說，可是我不僅要看小說，還要看經典文學、詩集、散文、短篇小說、網路文章、所有文章。其實也沒有人逼我這麼做，一開始是喜歡，後來變成習慣，再後來變成負擔，時間很殘忍，它除了累積以外，也在摧毀些什麼。

看得越多懂得越多，是小時候老師教我的。不僅是知識，作品也是，看得越多，思考得越多，思考得越多，疑惑越多，當你疑惑得越多，你就會越想要找出問題的答案。

沒有人強迫我，我只是覺得當一件事情變成了生活，就有責任做好它，無論是什麼。

開始寫書這幾年，看劇變成了我生活喘息的窗閣。

當自己快從書堆中喘不過氣來的時候，我就會去看看劇，看看一些不真實的故事，看看童話，看看魔法，然後回到現實中繼續奔跑。

後來我決定考研，既然我那麼喜歡劇，那就去研究電視劇吧，學學怎麼寫，學自己喜歡的東西。然後，它似乎又在重複著「寫書」的悲劇，我又在迷失了，我怎麼總是在迷失，我怎麼總是把喜歡的東西變成負擔。

研一下學期就是這樣，邊改寫劇本的同時，我失去了衝勁。熱愛的事情原本是五顏六色的，可是我肉眼可見地看著它在淡卻，它被稀釋，被石化，我可以感受到我的心臟在變冷。

那一陣子，大概兩個月的時間，沒有看任何劇，像是與世界脫節一樣，拖著冷腐的身體拼拼湊湊地把那個學期的課業完成，隨便寫一寫（還是花了很多時間），改一改，學期結束的時候，繳交給老師，也拿了不錯的分數。

研一結束了，想了很久要不要繼續讀研二。

然後又拖拖拉拉，沒有能力當下解決問題，只能拖著，人總是這樣。然後暑假過去了，經歷了新書出版的種種，然後新學期又來了，想不到怎麼和教授解釋我心理的變化，還是拖著，就繼續讀研二。

然後又一座高山來到面前，又一個難關等著我放棄或者跨越，坡路很陡，不知道怎麼走。

開題劇本和論文不像是之前的學期劇本那樣，寫完就結束，它將要伴隨我很長的時間，整個研二和研三，若是沒有順利畢業的話，還有研四、研五。它太重了，一時三刻我不知道怎麼揹著它前行，坡太陡了，靠著一點快要燃盡的熱愛，可以撐得過嗎。

拖著。

一直拖到了研二上學期結束，遠在臺北的我沒有回到北京上課，老師也沒辦法時常確認我的進度，就鑽著這個地域上的距離縫隙，逃避著我應該要面對的事。

結果寒假也結束了，老師說其他的同學都準備得七七八八了，你呢？

我什麼都沒有。

不是那種「沒有啦我真的沒有溫習」的那種高材生發言，是真的沒有，沒有計劃、沒有想法、沒有故事。人在什麼時候會覺得自己匱乏？就是大家都有，大家都做好的時候。「不要攀比」是一個人生很棒的哲言，可是很難做得到。

眼見的焦灼，眼見的火焰燒到了自己面前，開始覺得被濃煙逼得喘不過氣來，有一種想要跳進火裡死去的衝動。

我寫了一封很長很長的信，跟老師報告了一下自己的進度（沒有進度），然後報告了自己的精神狀態，很卑鄙地用了自己正在生病的藉口，試著去解釋自己的懶惰，我後來反覆去看那時寫給老師的信，自己都覺得窘迫，實在是太隘厄了，太難堪了，我都無法去正視那樣的自己，恣肆無忌地為自己的不足而說些冠冕堂皇的理由。

老師是位看事很透澈的人。

我收到了一封長長的回信，並不是嚴厲的口吻，一一回應了當時我提出的想法，給了一些讓我可以開始寫一個全新故事的建議。他還說了，我能理解你的情況，可是拖著不是一個好辦法，生活往往不是童話。

不知道為什麼，明明不是在罵我，卻讓我覺得好疼。

生活不是童話。

生活是由各種不同的無可奈何堆砌而成的現實。

他說，你不想退學，你就要寫。很多時候，不是有了靈感才寫，而是寫了才有靈感。

愛了才知道那是怎麼樣的愛，做了才知道之後要怎麼做，去了才能知道下一步要往哪走，寫了才知道一個故事要怎麼繼續下去。

接下來那一天，我把自己關在房間裡，看著空白的檔案，開始寫，不知道要寫什麼，就先提出幾個關鍵字，從關鍵字再發散開來，寫了一個很粗糙的故事大綱，它甚至太簡陋了，築不成一篇文章，可是我的檔案不再是空白的。把簡短的想法傳給老師看，老師說：「其實你是一個很聰明的人，你只是常常停在原地。」

我後來把「生活往往不是童話」看成一句非常悲觀的勵志座右銘。是的，確實不是童話，生活不會停在那裡，生活在繼續，生活沒有結局，生活不是簡單的王子和公主永遠幸福快樂地在一起，生活不是甜甜的，生活不是洞穴，生活不是靜止的，生活是生命本身，生活是時間本身，生活是各種事物組織而成的有點苦苦的東西。

沒有故事不能寫，前題是你要去寫。
沒有事情不能做，前題是你要去做。

生活不是童話，生活是每個當下。
而當下的意思就是，去做，去寫，去想，去愛，去活，僅此而已。

很喜歡謝春花的歌《茶酒伴》的一句歌詞：

「山路若陡緩步邁」

山坡陡的時候，就慢慢走。

熱愛常常與放棄同行。

一直覺得整理是一件很難的事，我總是羨慕會整理的人，而我只會丟棄，不會整理，遇到了糾結的地方，第一個想到能做的，就是丟掉些什麼。

人們很容易把自己做的事情合理化，於是給丟棄或放棄想了比較好的名稱，有些人叫它及時止損，有些人叫它適可而止，有些人叫它知難而退，而本質上，我覺得它們都是丟棄些什麼。

雖然我不覺得放棄是無條件的壞事，有時候是學不會停止、學不會丟棄的人，才屬於比較悲傷的人，那些人一直在奔跑，奔跑在沒有場域之地，沒有邊界，也就沒有盡頭。而永無止境這件事，就跟永生一樣，是一件很悲傷的事。

同理，容易放棄的人，也很悲傷。他們不是沒有盡頭，而是太多的盡頭，太多用盡的東西，太多灰燼，而太多灰燼的人，很難再生。

於是我想，問題不在於放棄、不在停息，而是在於持續的時間裡是否能夠給予自己滿足。

很愛過一些人之後，心心念念卻選擇不愛；長期被一個地方腐蝕，於是決定離開；目睹事物在生命變舊，所以決定捨棄。太多丟棄的瞬間，意義都不在於丟棄，而在於這些事物在我們生命裡的時間。

誠不欺我，我常常覺得我的人生都在半途而廢。

《詩經》裡有一句話：「靡不有初，鮮克有終。」指事情常常開始了，卻不了了之，很難堅持到底。

一直以來，難的都不是開始，難的是堅持。

自我懷疑是條沒有盡頭的路。

它的終點往往就是打翻自己從前累積的一切，否定當初做決定的自己，見證從熱愛變成負擔，然後放棄。

創作的時候往往都是這樣。我開始忘了最初書寫的理由，不斷地自我懷疑，這真的是我喜歡做的事情嗎，這真的可以繼續下去嗎，這真的是我想要的嗎，是迫不得已寫呢，還是有意識地去寫呢。我有信心在寫完之後面對自己的作品嗎，我有信心去面對自己的身分，有資格承受這一切目光嗎，你想放棄嗎，你很努力過了嗎，傷心大於獲得嗎，一切有意義嗎，你說得出自己的初衷嗎……。

太多了，質疑自己的地方太多了，多到就算是列出那麼多清單之後，還是無法整理這些質問，多到某一個瞬間就只想，算了吧，就這樣吧，整理到了某個階段，放棄是自然而然的想法。

我曾經寫過很多關於熱愛的文章，書裡字字句句不缺熱愛的決心。寫過「努力並不難，難的是一邊奔跑一邊熱愛」。也寫過想要「熱愛世界」，寫過「熱愛明天」，寫過那麼多熱愛，熱愛在我心中仍然能讓我熱淚盈眶、不負山海嗎。

這幾年讀過的書裡，讓我覺得最難過、最絕望的一個概念是——邊際效應。簡單來說，當你第一口吃一塊蛋糕的時候，它是最好吃的，但對這塊蛋糕的滿足度，會隨著你吃的次數而遞減。也就是說，當你吃到第一百口蛋糕的話，你對於它的喜悅和滿足度，幾乎可以說是零，這就是邊際效應。講白了，就是遞減的過程，那些我們所感知的快樂和悲傷，每一樣在我們神經末梢上重重發酵過的情緒和感受，都會隨著時間一點一點遞減，而這一切就是邊際效應，我覺得這是一件很難過很難過的事。
我佩服那些一輩子只做好一件事、只愛好一個人的人，就像我不知道怎麼抵抗萬有引力定律一樣，我也不知道怎麼才能忽視邊際效應。
人是不是沒辦法阻止一些事的消毀。

永無止境這件事，
就跟永生一樣，
是一件很悲傷的事。

愛是負重前行。

在還沒念研究所之前，看劇和觀影是能讓我偷懶的樂趣，寫書不順利的時候就跑去看劇。因為太喜歡看劇了，所以攻讀了電視劇劇作的碩士。看劇與觀影從興趣變成了作業和研究對象，總是不自覺分析這是第幾幕，用了幾個機位，這一幕佔了多少分鐘，每一集的節奏，人物的塑造和台詞，這些都變成了「分內」的事，因為研究所每週都要開會，跟老師報告最近看的劇，然後大家一起看下一部劇的利弊。我偷懶的窗口不見了。

去年的六月整個月都不想看劇，覺得好煩，發呆的時候就把綜藝節目翻出來看，看著一遍又一遍《新西遊記》，看多少遍都不會膩，我好喜歡他們說的一句話：「都是為了幸福才做的啊。」

是啊，都是為了幸福而做的，可是總是做著做著就丟失了幸福。一開始我覺得寫作是這樣，看書和寫書都變得好無趣。然後是看劇，後來看劇也變得好無趣。當它們都變成了「必須」，就開始覺得它們都是負擔。

這些負擔都是重量，表示這件事變得重要了。以前覺得想寫就寫，想看就看，不看也沒關係，說實話，它們不那麼重要，也就是有一天我不想做這件事了，也行，也可以，我可以隨時隨地拋棄它們，去尋找下一個興趣，總有些東西可以讓你抵達快樂的吧，我想。

可是就是因為那麼喜歡啊，太喜歡了，它變成了熱愛，熱愛變成了重量，而愛一直都是要負重前行的。

所以無論是寫作還是看劇，還是寫故事或寫劇本，我會覺得很辛苦，都是因為這些事對我的生命來說太重要了。我想要做好，想做好一件事，就要很努力地去寫、去愛，努力地跨過那些障礙。
願意為它受苦，也是熱愛的一部分。

明白愛或熱愛的本質不在於它的快樂，而在於願意忍受它帶來的不快之後，我重新思考那些在我生命中很重要的事物。

寫作、劇作、創作、手作，這些從無到有的事，我還是不知道它們最終能持續多久，在這個過程中有太多不那麼開心的時刻，可是它們依然對我無比重要，重要到我覺得付出很多很多也沒有關係。

很喜歡日本的一個詞叫做「一生懸命」，指拚命地為一件事盡力而為。
凡事能夠一生懸命，就算是對得起愛了吧。

夜晚無邊漫長，好想有個人可以思量。

永遠要對自己的熱愛有新的期待。

雖然大部分時間，我都應驗了邊際效應的絕對結果，就是我失去了對某些人事物的興趣，可能是一時喜歡過的偶像，可能是某一個階段我喜歡過的作家、詩人，某時刻我覺得對我最有意義的書籍，可能是某時我以為會愛一輩子的人，某些非誰不可的關係，甚至是某個城市、某個嚮往、某些我一直相信的東西。它們在現在或未來，會被時間推翻，會溶解進無名的日子裡，熱愛混進山海，漸漸褪色，然後不見，從滾燙到冰冷，到遺忘。

我經歷了無數個這樣的時刻，大大小小，從喜歡到淡忘，但是不要緊，我仍然覺得不要緊。

熱愛雖然不常常存在，但永遠會有新的東西成為你的下一個熱愛。

諷刺

人們說愛的那刻
就是最愛的時刻
在那之後
總是花太多時候懷念

人們把真心割開
放在某人的面前
犧牲之時
常常覺得自己很偉大

人們喜歡把鮮花
精緻地放進花瓶
這並不能
延緩美麗的事物衰毀

為了成為一些人眼中的光
把自己裁剪成合適的模樣

太相信一些虛無的東西
也會跟著變得虛無
不虛無的東西
都無法永恆

你的一生
為了成為不庸俗的人
庸俗地活著

也許「好」的意思，不過是「喜歡」兩個字。

如果要說到我的第二語言，除了自身會的中文和廣東話之外，我覺得自己的韓語能力比英語能力要好。雖然韓語的發展不過數百年的時間，與中文和英文的文化歷史根基並不能相提並論（事實上沒有語言可以互相類比），國高中時誤打誤撞因為追星而開始學韓語，結果英文沒學好，韓文倒是學得不錯，發現最終我能做好的事，大多是我喜歡的事。

剛開始學韓語時，一定會學到一個字——좋다（johda）。

它是好的意思。
它也是喜歡的意思。

我覺得這個字雖然並不艱深，但很迷人。

韓語中常常會用到這個詞，表示一件作品好的時候，表示一件事正面的時候，表示自己喜歡的時候，表示「好啊」的時候，表示「嗯沒問題」的時候，都會用到這個詞語。當然句尾或者動詞、形容詞的變化式會不一樣，但是很奇怪，同一個字表示那麼多意思，讀韓語的時候，或者熟練韓語的人，幾乎從不會搞錯它的意思。

就像是中文的「意思」一樣，當我們說「小意思啦」和「意思意思」，「什麼意思」和「不好意思」都是不同的意思，某些時候它指的是心意，某些時候它指的是道理，出現在日常生活時，我們知道它是什麼意思。

語言很迷人，迷人在於，很多時候不是言其義，而是會其意。

「좋다」這個詞也是，某些時候是好，某些時候是喜歡，或者某些時候是喜歡就是好。

幾年前在韓國讀書的時候，讀過一位韓國詩人河尚旭（하상욱）的一首詩：

더 좋은 사람 말고
너 좋은 사람 만나

我一直都不知道要怎麼翻譯它，可是我記住這首詩很久很久。

字面上的意思大概就是「不用和更好的人相遇，和你喜歡的人相遇。」其中好和喜歡用的是同一個詞。

我覺得這句話適用於人間萬物。

不用去成為更好的人，成為你喜歡的人。
不用去愛更好的人，去愛你喜歡的人。
不用尋找更好的事物，專注在你喜歡的事物。

好和喜歡，或許它們本來講的是同一件事。

我不知道好的定義是什麼，活了二十幾年，都一直在找尋好的定義，而人類對於「好」的追求可以說是到了癡狂的程度。有時候覺得好就是完美，就是把事情做到沒有任何罅隙，它就是好了，即使背後犧牲掉的是快樂、是體力、是意志；有時候覺得好是備受關注，被很多人稱讚就是好了，大家都說好的東西就是好的，對吧？即使心臟的某些角落偶爾會有迷思，可最終也會被社會說服；有些時候，好是分數、是成績，小時候是拿第一名，長大一點是進入排名前面的學校，進社會後是數字越大的薪水，出版後是銷量，電影是票房，電視劇是收視率，新聞是點擊率，歌曲是播放量，影片是觀看次數，多就是好的，對吧？有的時候是圓滿，得到一個學位證書、得到一次大獎、得到一個人的回眸、得到可一不可再的機會，得到大家都想要的東西，就是好了對嗎？

所以好是完美、是備受關注、是多、是獲得，有了這些，就是好的人生對嗎？讀好的書、看好的電影、成為好的人、過好的生活、吃好的食物、寫好的文字，可是我不知道什麼是好，我能成為一個好的人嗎？

常常有讀者問我，你覺得什麼書是好書？我說我不知道啊，我不知道一本好的書是什麼樣的。常常覺得你的生活過得很好，你是如何維持好的生活品質呢？我說不知道啊，我不知道好的生活確實指的是什麼。人根本沒有資格為「好」下定義，我們下的一切定義，只是當時的我們覺得好的人事物而已。人無法決定流星的重量，人只能決定那顆流星對自己的意義。

結果好的本質，不過是喜歡。

我喜歡那個人，他對我來說就是我的世界裡的「好」，你沒那麼喜歡，那個人對你的世界來說，就不夠「好」。我喜歡聽寧靜的民謠，你說那很無聊，沒有心跳。你喜歡聽喧鬧的搖滾，我說那太有靈魂，不夠認真。他喜歡看金庸，刀下俠骨柔情，她說那不過是刀光劍影，不夠深情；她喜歡看張愛玲，字裡不乏眾生情緣，他說那不過是欲語還休，太多哀愁。

所以好，其實就是我們願意為它花時間，為我們的喜歡花時間，那就是好。

我們不需要滋養別人心中的玫瑰。

喜歡一直都是自己的，所有「好」也都是自己的。

是這些細枝末節形成我們的生命，最終我和我生活的一切，不過是喜歡二字。

有了喜歡，才有悲歡，悲歡是人間的窗。

到了後來，我明白了我的喜歡只是我在此時此刻打開窗看見外面的風景，而在很多個不同片刻，其他人從窗前望向所看見的光，都折射出不同的光澤。所以你喜歡了我的不喜歡，我喜歡了你的喜歡，只是我們正在打開不同的窗，看見的不是同一道光芒。

我不是天秤，所以無法衡量手中之物的價值，我不知道它是屬於好的，還是屬於壞的，是高深的還是庸俗的，可是我喜歡它多一點，它就在我的世界重要一點。

人要看著自己喜歡的事情而活，不要看著自己沒那麼喜歡的事情而活。

然後說一句：좋다，좋아.（好，真好／喜歡，真喜歡）

人無法決定流星的重量，
人只能決定那顆流星對自己的意義。

要一直迷茫，一直奔往。

進入夏天之前，我再看了一次《徬徨少年時》。

初次看這本書的時候，年紀太輕，總是太執著於自己的苦處，雖然現在的自己也並不能稱得上是成熟或者歷練，所謂的風霜雨雪在智者的眼中不過皮毛，往往強說愁，往往硬說情，以致我不能理解主角的苦處，十歲的他有自己的苦，如今在我眼中十歲實在是過於稚嫩，我好像成為了以前我口中那個不能理解自己的大人，覺得這些苦都太輕盈了。

十歲的主角初見世界的黑暗，他看見兩個世界。書中講到了我們身處的兩個世界，一個是光明的，一個是黑暗的，一個是廣義上的神，一個是撒旦魔鬼。光只是世界的一半，另一半要由暗來補足。我們就在這樣的世界中一步一步找尋自我，為了找到自己的樣子，不惜深陷黑暗之中。

在那之後，他再也不能單純地去看待這個世界了，世界是總是混濁的，充滿著除了美好光亮以外無數的暗物質，這些陰鬱的、沉重的、枯瘠的雜質成為了他對世界的不解。然後在這些不解之中不斷地碰撞，那些不同的沙礫打磨出我們自己的樣子。

我只有在攤開自己的傷痕時，才最像自己。

這句話不是指快樂都渺茫，也不是說快樂對於人生來說不重要，相反地，快樂太重要了，以致我們一輩子都在尋找快樂，並在尋找快樂的路上受傷和徬徨。

就像是我們所有人都知道糖果很甜，這是既定的事實。可是每個人得到糖果的方式不一樣，而在得到糖果的過程中，往往是殘酷和痛苦並行的。

坦白來說，僅靠著快樂和光明並不能真正地塑造一個人，一個人想要成為「自己」獨特的模樣，痛苦和悲傷同樣重要。

是那些暗物質殞滅了我，也是那些暗物質成就了我。

是那些我們對於世界的不解讓我們特別。

這就是為什麼故事的主角都悲慘，他們都有無法磨滅的痛，他們有想實現但無可奈何的東西，他們有缺口，也有裂縫，有努力了也於事無補的遺憾。

沒有人能真正地了解世界。

就算是世界上最聰明的人、最有錢的人、最快樂的人、最萬能的人，也沒辦法做到。這個世界總是有無可數算的不解。當一件困難發生，覺得自己花了很漫長的時間去調解這個難關，可是難關過了之後還有難關，山丘後面仍然是山丘，快樂之後會迎來虛無，很愛之後會平淡，最深的感情有時伴隨著最淺的關係，最傷人的話語有時承載最真摯的情感。太多不明瞭。

我們從未真正地了解世界。

書裡寫到一句我覺得可以總結整本書的話：「我們唯一的責任和命運乃是我們每個人都應該完完全全地成為自己。」成為自己，赫塞說成為自己的意思是我們能夠互相了解，但我們每個人只能解釋自己。不向他人，是向自己。不為他人，是為自己。

要怎麼成為自己啊。什麼才是成為自己。怎麼樣才算是成為自己。這大概是每個人都一定會問自己的問題，然後會經歷一大段迷茫的時間，這段時光裡面，誰也無法解除自己的困惑，有時候向宇宙拋出去的問題，永遠都得不到解答，有時候是忽然有一瞬間覺得之前提出的問題不再重要，然後新的時光裡會迎來無數個新的問題。

成為自己意謂著什麼呢？

記得今年有一次演講，講到關於對人生的迷茫。

我說世界總是教我們如何逃離迷茫，但是沒有人教我們如何迷茫。

我跟同學們說，人生一定要迷失，我的每一次迷失，都是一場成長。意思就是你一定要不解，只有在不解的時候，你才會主動去找答案。這個找答案的過程，並不容易，有時候是一個很複雜的結，有時候是一個死結，更多的時候是不了了之的結。總之，就是把生活繫成一個又一個的結，這個結就是生命的花紋。

首先，你要知道你原本是什麼樣子。在與人交往的過程中，在與世界碰撞交手的來回中，你會發現自己的不足和不快，是不夠堅毅呢，還是不夠柔軟呢？是大愛無私呢，還是自私自利呢？是樂觀的，還是悲觀的？是自大還是自卑？向自己提出疑問，然後逐漸尋找到自己原本的模樣，即使這個模樣充滿稜角和窟窿，要先了解到自己的缺陷，才能填補缺陷，清楚並接受每一個面向的自己。

其次，是要知道自己想成為什麼人。怎麼樣的人是自己嚮往的？和什麼樣的人相處讓你覺得舒適？什麼特質是你終其一生想要努力成就的？這個特質不是世人認為的好，而是你自己認為的好。並且需要認知到每一個階段的自己都在轉變，現在未能做到的事，不代表以後也無法做到。如果暫時不能鮮明地描繪自己所嚮往的模樣，就先為自己定下不想成為的樣子。

最後也是最重要的一點，就是為自己做抉擇。豐富自己的生命、擁有獨立的人格與應對痛苦的方式。你之所以能夠成為「你」，那必須是和別人區分出來的獨立存在，你的所思所想所嚮往，你的所悲所恨所執著，使你有別於他人。因為努力豐富自己的生命而滿足，在人群中找到自己的位置。並且，在面對痛苦時，擁有一套專屬自己的排解痛苦的公式，接受痛苦於自己生命中的價值。

每一次選擇都是基於自己所願，並甘之如飴為其負責。一個人只有能力為自己負責任，才算是真正的成為自己。

以上三點其實是寫給自己的，雖然都是流口常談之言，實質上並不容易，而我深刻明白自己仍然在摸索自己與世界的邊界。「條條大路通羅馬」可是也有人不想去羅馬，也有人想去世界盡頭，也有人嚮往宇宙，嚮往更加虛無的事物。

希望自己不要作繭自縛、不要妄自菲薄，之於世界，不要隨浪逐波。要一直問自己問題，即使是迷失。要一直往前，即使身上沉重得像揹負一個毀壞的星球。要嚮往光，即使只是遙望。要寬容世界，即使這個世界比想像中殘忍。

成為自己，才能不負生命。

月 亮 是 夜 晚 唯 一 的 光 芒

輯二

聚散有時

好好地說再見，
才能好好地往前。

前陣子的一場演講裡，我和張西談到了關於過去，聊到有沒有哪一些事情一個決定而成為了今天的自己。

我想到一位著名的法國攝影師布列松提到的決定性瞬間的理論，雖然他的理論都是與攝影、藝術相關，但這令我思考到，在我們的人生裡面，有沒有哪一個瞬間是決定性的，像是一幀無法磨滅的影像，永久地刻畫在自己的生命軌跡裡的。

我有。

十八歲的時候離開了自己的家鄉隻身來到臺北念書的那天，香港的天氣正是陽光普照，家人送我到機場，推著我的幾十斤重行李，在人來人往的機場中，一幕幕的離別和重逢都在無聲地上演。他們送我到關口，我有好多話卻說不出口，我分別和爸爸媽媽擁抱了一下，心裡知道今天我邁開的腳步，就會是明天的歧路。

其實我明白，不是說這一次的離別代表以後就再也見不到了，也明白只是距離遞增了我們的想念，明白到許多時候，人生必須要自己走。懂得了這些，可是我仍然還是說不出再見。我知道我們不再是每天都能見面，他們再也不能親自打理我生活的一點一滴了，他們也知道如果未來哪一天我受了委屈，他們不再能及時地給我擁抱了。

我害怕說再見，我始終沒辦法面對離別。

於是在那個當下，我灑脫地往前走，走進關口，為他們留下獨立又果敢的背影。我甚至不敢回頭，不敢去看他們難過不捨的眼睛，我不敢正視這場離別中的淚水，我深怕自己一回頭，就再也走不了了，然後我筆直堅挺地往前走，走進關口，在人與人的相互擦肩中，我的背影逐漸地消失在他們眼中。我過了關，終於確定他們再也見不到我，那道我築起的堤壩猛然崩裂，我蹲在旁邊商店的門口，哭不成聲。

那天抵達臺北，臺北在下雨，後來很長的一段時間，我都覺得這場雨並沒有止息。

我的青春戛然而止。就在那一刻，生澀的我面對著巨大的離別，手足無措，無法應對，然後我拖著沉重的身軀，以為只要我假裝得足夠灑脫，這場離別就沒有發生。

事實上不是的，我並沒有好好地面對這一場告別，沒有好好地說再見，也在後來的一些時間裡，沒辦法好好地往前。
如今我已經是一個不再懼怕離開的人了，如今我也不再沉重地面臨離別。這個場景在我的作品中不只一次被我書寫成故事，而隨著每一次的書寫，那種沒有說再見的遺憾就不斷地深化，成為了身體的一部分。

在後來漫長的雨季裡，我都在想，若是當天有好好地說再見，那麼，這一場告別就不會永遠是悲傷的模樣，如果當天我能夠好好地說再見，那麼，下一次就更加能好好地想念，然後好好地再遇見。我想離別不只帶來悲傷，還能給我們帶來很多當時幼稚的我們並不懂得的獲得，比如珍惜、比如懷念、比如想念與再見。

告別總是讓人難過和心碎，我相信快樂的離別不是我們大部分人生命中離別的樣子，所以好好地再見很重要，因為離開過往，第一件事就是要學會跟過往的自己說再見，這樣才可以更好地往前，然後在很多很多個明天裡，更好地遇見。

會有更多的遇見。

我們這一輩子，除了擁有許多無語凝噎、無以忘卻的離別，也同樣會擁有很多相遇。

你還要去更多遠方，遇見更多的人，你還會擁抱更多的夢想，捨去更多的星辰，同時萬物褪色之際，迎接更多的四季。

月亮正在離地球越來越遠。
而我們仍然殘忍卻不自知。

只有學會整理的人才能往前走。

二〇一八年盛夏一個平凡的夜晚，我忽然想起自己想要成為作家的原因。

十二歲的時候看見喜歡的電視劇裡自己喜歡的角色沒有得到美好的結局，於是滋生出「那我就幫這個角色寫一個好結局」，那是我第一次想要主動地書寫，於是踏入了文字的世界。

二十二歲時，就在那個荒唐的電視劇播出十年後，我寫下了一個荒唐的電視劇改編故事的十年後，我真的成為了一個寫文字的人，而後的種種經歷，既荒唐又堂皇。

那一個盛夏的夜晚，出版了自己的第三本書，我發現我的人生已經沒有故事可以寫了，沒有事故又何來的故事。

我就在想，不然就像是十二歲的自己那樣，學學怎麼去改編電視劇吧。就是這麼一個零星的想法，上網查了資料，就決定報考北京電影學院，去讀研究所。

生命裡有很多的意料之外。

十二歲改編電視劇是一個意外，十八歲離開家鄉到臺北念書也是一個意外。成為一名作家是個意外，去北京讀研也是人生中的意料之外。

然後整個二〇一八年到二〇一九年，我都拼了命地讀書，比以前考大學的時候努力不知道多少倍。因為那是我「想」的事情，那是我「要」的事情，而不是我「不得不」的事情。

二〇一九年盛夏，收到了研究所的入學通知，在香港生活了十八年後，在臺北生活六年後，在韓國生活了一年後，我又重新踏上了旅居的生活，一直一直，持續地在路上。

上路和路上，好像是一個意思。過去和去過，好像也差不多是一個意思，可能吧。

於是要把人生數算起來，最常做的一件事是整理。

離開家鄉的時候要整理，抵達一個地方的時候要整理。決定愛一個人的時候要整理，決定不愛一個人的時候也要整理。準備做一件事的時候要整理，放棄的時候也要整理。

總是在整理，可是我發現自己一點兒都不擅長整理。

人生的一切，該怎麼整理？

去北京前的那一個月，得到我室友的幫忙，她是一位很會整理東西的巨蟹座，我很羨慕她的整齊和潔癖，也羨慕她的排列和分類，總覺得自己的人生就是一團凌亂的人事物糾纏在一起。你知道我的意思吧？就像是，在藍芽耳機還沒流行的時候，急著翻開包包，掏出纏結在一起的耳機線，然後深深地嘆一口氣的那種感覺。面對我在臺北六年的行李時，就是這種感覺。林林總總的書籍，各式各樣的手帳用品，買過的唱片，穿了一次就沒再穿的洋裝，以為很美但塗上去很糟的口紅，從不同旅行地投寄來的明信片，陌生讀者用心書寫的信件，穿多少次都磨腳的鞋子，床單、被單、枕頭套，被我稱之為「歲月碎片」的日記本們，太多了，太多了，我沒有百寶袋，我沒有魔法箱子，我要怎麼打包所有的過往。

室友問我，這些你都要帶去北京嗎？

我說不，我想要在新的地方重新開始。

這聽起來像是一個明亮的願望。

室友又問，那這些你要寄回香港嗎？

我說不，那裡好像已經沒有我的位置了。

這聽起來像是一個悲傷的答案。

室友再問，那你要怎麼辦？

我說我不知道，近年興起一個詞語叫做「斷捨離」，我要整理就代表著斷捨離吧，而斷捨離即代表著斷開、捨開和離開，對吧？

室友點頭，就是說，你要把它們丟掉。

那一刻我就在想，斷捨離，應該就是丟掉、捨棄的意思吧，把一些沒用的東西丟掉，把人生裡沒用的東西丟掉，把世界裡沒用的東西丟掉，大概就是整理的意義吧。

於是去北京時，我丟掉了好多東西。

我覺得我是這個世界上最輕的人，輕得只要我願意，就可以到世界上任何一個地方去，背後沒有一點東西拉扯著我，完全沒有，所有人事物，所有風景，所有記憶，所有傷痕，它們都不再是我的負重，我的行囊如此輕盈，像是一個完全沒有過去的人。

在北京，我展開了人生的新生活。

新的學校、新的階段、新的人際關係，新租的房子，新的環境，新的窗簾和床單，我有了新的書桌，看了新出版的書，買了新的手帳，寫下新的日記，我出版了新的書，拍了新的照片。

我一直以為自己是個念舊的人，之前曾寫下「念舊的人只是過於情深」，可是情深有時也不能等，情深也經不起時間的拷問，隨著那些被我捨棄的事物，那些關於該事物的記憶，也一同被自以為念舊的人斷捨離掉了。

斷了，捨了，離了。

我們依然稱它為整理，整理自己房間，整理自己的行李，有時候整理自己的關係，整理自己的情感，或許在時光的路上漸行漸遠，我們迫不得已開始整理自己的記憶。

我很念舊，可是念舊的人也要整理，而只有學會整理的人才能往前走。而經常、總是、往往，向前走，就意謂著告別過往。

背著很重的行囊，很難到遠方。

我常常問自己，你想要去遠方嗎。

我常常想，或許裡面夾雜著一丁點不想，然後心裡面就有聲音跟我說，你想去就要去，而去就代表著離開，只有離開了才能抵達。

可能只是單純地離開一個地方，像是那一句很弔詭的話：「旅行就是從你待膩的地方去別人待膩的地方。」又或者是離開某一個生活狀態下的自己，比如腐爛、停滯、枯萎的日常，又或者是一些人，深愛的、怨恨的、想在乎的或者是不想在乎的，一切的一切，都是離開。

離別無處不在，只是我們沒有發現而已。

於是為了能夠抵達，而不斷地離開。

練習打開空空的行李箱，往裡頭堆放那些我覺得最重要的事物、最不能割捨的東西、或者那些深埋進身體裡被稀釋的時光或遺憾，或者它們其實都代表著一樣東西，那就是塑造著這張皮囊背後，那個稱為「自己」的一切。

是的，所以我還在學習整理。
各方面的，好好地，坦然地，整理自己的行李。

原來遺忘也是一種整理。

原來整理是一件那麼悲傷的事，悲傷得容不下一點點的浪費，悲傷得接不住時間的推移。

以前我一直以為自己是一個記憶力非凡的人。

可能是兒時喜歡看書，被爸爸訓練成一目十行，讀書的時候要把整篇內容都背起來的學習方式，讓我注定成為一輩子的文科人，到了中學，甚至大學，都以自身的記憶力引以為傲，在大腦裡儲存我整個人生。

大學的時候，師大國文系的必修課更是見證了我記憶力的上限，四書五經，古代詩、古代詞，孔子、孟子、荀子、莊子，文字學《說文解字》、《廣韻》兩百零六韻，這些都曾經是我大學時期的噩夢，也是一次又一次記憶的練習——我在漫長的時光和數算不清的日子中，把好的壞的都丟進名為「回憶」之地。

愛過的人、他（們）愛吃的食物、曾經一起去過的地方；看過的演唱會、曾經單曲循環過的歌曲、深深迷戀過的偶像（們）；換過的手機、裡面幾百成千的照片、它們伴隨自己而走過的時代；讀過的書、帶給自己的人生領悟和挫敗感；收到過的禮物、拆禮物的那一瞬間欣喜的神情，以及往後不知所云的包裝紙；歡喜的日子、可能是想念或者期待和誰見面；不那麼歡喜的日子、也可能是想念或者無法和誰見面；某些重要的人的生日、那些人的星座、這些星座的某些屬性；有過的夢想、這些夢想所相對應帶給自己的期望和失望；走過的路、曾經抬頭看見滿天星辰、還有那片接住很多悲傷的海洋。

記憶並不可靠。

那是我大學畢業那天，唯一最深刻的感受。

要說我在大學最感到遺憾的一件事，不是在許多同學都到處遊玩，而我在餐廳廚房洗碗的經歷；也不是整段求學生活都毫無熱血忠誠的社團活動和青春校園的故事，而是我沒有好好地拍我的畢業照。

所以我總覺得，這一段時光沒有完好的句點，只有匆匆忙忙的收尾，它不能算是一本好的故事書，如同我們的人生總是無疾而終。

我常常想到這事，就會覺得好遺憾。

二〇一九年秋季，我開始了我的研究所生活。

如同前面文章所述，我其實並不是為了文憑去讀書的，即，我不一定要完成它。我的目的，是學到我喜歡的東西，達成我的「想要」。

所以二〇二〇年全球疫情大爆發，世界不太好的時候，我個人身體健康也不太好，我在每週和指導教授通話開會與電腦螢幕上網課這兩件事情中，不斷質疑自己，當初考研或者讀研的意義。於是我上研究生官網，下載好了休學表格，並且填上自己的科系，自己的姓名，就差在把這份表格發送到教授的信箱。

休學也挺好的，重新思考一下寫劇本是不是我真正喜歡的一件事，重新回歸寫書的熱情之中，又或者是把注意力放在自己身上，照顧好自己的身體，不要再為了一些無謂的創作而熬夜，導致頭部常常劇烈地疼痛，以致需要服用大量的止痛藥。

凡事要先照顧好自己，再來談那些過於美好的詩和遠方。

可是我仍然沒有，沒有休學。

寫這篇日記的時候，我的研二快要結束了。研三把畢業作論文和劇本寫完，就可以順利畢業，我堅持了下來。

這個時候，總是想要談到自己崇高的意志力或者無往不勝的決心什麼的，但是其實都不是，讓我繼續堅持下去的，是一個膚淺的理由——

我想好好地拍一次畢業照。

太膚淺了。

可是真的很有力量。

我竟因為這樣膚淺簡單的念想，撐過了研二的殘酷開題答辯，和無數個想要放棄和自我懷疑的夜晚。

哪怕是一次，也希望某一些事能夠有始有終。

愛一個人想要有始有終太難了，有時候是愛而不得，有時候是投信而無回音，不是所有的喜歡都能投遞到愛的人的身旁。
可是至少自己想要做的事情可以，盡力地，把它做完，做好，即使最後結果
未如想像中的好，也能坦然地說一句，我完成了。

或者，有時候你只是需要一個念想。
就能撐過很多你以為自己無法承受的時刻。

不要總是想要太遙遠的東西，因為那裡自己伸手卻無法觸及。
虛無的東西很容易讓人沉醉，也很容易讓人心碎。

原來忘記從來不需要努力。

啊，記憶，是的記憶。

在大學畢業的那天，我才意識到，記憶毫不牢固。

原因是，我已經忘了上一次說過會深刻紀念的事了。

上一次我說：「這一天，我一定會記住一輩子。」是我高中畢業的那天。

不過就是隔了好幾年。

那些如電影慢鏡頭般，雨滴落到地面而濺起水花的瞬間，那件寫滿了祝福的

話的校裙，那天中文老師對我說：「來日盼有一天參加你的新書發佈會」的

期許，我有哭嗎，好像有吧，結束後去哪了呢，當天是坐車回家還是和好朋友散步回家，那時的頭髮長到哪裡，我們班到底是有幾位同學，那些同學後來都去哪了呢，那天我有見到我喜歡的人跟他說我還喜歡他嗎，那一天我走進茫茫人海有期待著未來嗎。

記不起來了。

高中畢業後，我來到了臺北念書，好朋友在香港升學，有些朋友則去了國外，我沒有重回過我的中學，一次也沒有，所以對於高中的印象永遠停留在那天，可是那一天我開始想不起來了，怎麼辦呢。

我引以為傲的記憶力沒有發揮它致命的效用，它無法幫我留住歲月，它無法幫我回到那年夏天。

原來忘記某一些事，不需要任何努力。

它近乎殘忍地摧毀了所有，而不費一絲力氣，因為當你忘記一件事情的時候，你會發現，它就是不在了，而不在了的人事物，是你多用力，都像海上月一樣，抓也抓不住。

忘記，等於無聲無息地失去。

所以我害怕忘記，我害怕我的人生變成皺巴巴的紙，裡面空蕩蕩的，虛空無字。我害怕忘記快樂，也害怕忘記痛苦。我害怕忘記我去過的地方，以及我愛過的人。我害怕我忘記自己出走的原因，忘記我曾經義無反顧的模樣。我害怕荒度，害怕昏盲，害怕枯萎和凋零，我害怕蒼白和潰決，我害怕從前離我而去，我害怕弄丟歲月，我害怕到目前為止我身上擁有的一切死去。

去年十月起，我換了一種安眠藥。

我的睡眠習慣很奇怪，雖然很難入睡，可一旦入睡後就很難清醒，即使我總是天亮了才睡去，但睡眠時間並不算短。這種新的安眠藥很有效，讓我的大腦跟身體都能夠正常地休息。可是它唯一的副作用是經常會導致記憶斷片。

以前我從未斷片過，即使在韓國交換學生的時候，與同學聚餐都會喝很多酒，但我一次也沒有不醒人事過。我不知道失去意識是什麼感覺。

吃了新的安眠藥後，發生了一件讓我很驚訝的事。

某一天我睡醒之後，發現手機有未接電話，來電是陌生的號碼，原來是我早上睡前點的外賣，可是我竟忘得一乾二淨，我的室友說，你不要在睡前做任何重要的事，因為你根本不知道自己在做什麼。我睡前總是習慣在床邊閱讀一些散文，有時讀詩，有時讀小說，有時可能只是替我的貓宇宙拍拍照，可是這些我讀過的文字，拍過的照片，我卻一點記憶都沒有，往往要在清醒的時候再做一次。

空白地度過一大片時間，甚至不知道那一片空白從何而來，又從何而去。那些度過了時間後而留下來的痕跡，陌生得像是別人的故事。

沒有過往的記憶，是件很可怕的事。

就像是你不知道自己從哪裡來，也忘了將要往哪裡去，你不知道自己屬於哪一片海，也不知道什麼時候離開。你忘了曾經的自己怎麼愛，也忘了曾經的自己怎麼釋懷。

我是誰，我在哪裡，我在做什麼。

過去、現在、未來，沒有任何一個比其他更加重要，它們都同樣重要。可是沒有了記憶，沒有了留在身上的印記，我就只是一片空白，一片空白的人，要怎麼在世界裡建造自己。

我曾經收到過很多讀者的問題，都在問我，該怎麼才能遺忘，可是親愛的，遺忘其實是本能，記得才是需要努力的事。

於是後來，我都在努力記得。

用盡人類可以想像得到的方式和工具，各種電子產品，手機、平板、電腦、相機，用盡紙筆、照片、話語、音樂、影片、繪畫、香味、衣物，庸俗的萬物來記錄有生之年的一切記憶。

喜歡記錄每天的自己在做些什麼，這樣我就知道，哪時我讀的哪一本讓我沉醉，哪時的我笑過，哪時的我因為一些渺小的事物而悲傷，哪時絕望，哪時又覺得可以再熱愛世界多一點。

我受夠了聽人們說，人應該要去愛。

我討厭三姑六婆總是問我有沒有男朋友，想不想結婚，為什麼不談戀愛。

我討厭有人跟我告白的時候說想要讓我再次學會愛，而我想跟他說不是所有的破碎都源自於愛。

我討厭人們說一生的歸屬是愛，是家庭，人到七老八十就該有個伴。

我討厭這些關於愛的種種既定印象，總是在界定到底是友情還是愛情，明明這些關於愛的事根本就沒有答案。

我討厭當所有人講到愛時，心都應該是柔軟的。

有愛的時候，就會有不愛的時候，愛與不愛都是相對的。
我想做好多事，愛永遠只是萬物中的其中一項，有或沒有都只是人生的加分項而不是減分項。
我的生活裡沒有那麼多愛，也沒關係。
我仍有世間萬物，仍可與自己相濡以沫。

很想你的時候，
我就告訴自己，
明天很長。

再見的話要輕輕說。

要發光發亮，
即使有時殘酷生長。

我又搬家了。

對於「家」這個字，從很久以前便有種無法遏止的強迫感，變成了生活的一小部分，再變成了一個單純的名詞，中間花了好漫長的時間。

我已經不記得小時候那些關於搬家的記憶了。

也許那時也不知道家是什麼，大概就是「在一起」的地方，後來在同一個地方生活了十年，成年的那一年，我離開了熟悉的家、熟悉的城市，去到了一個完全陌生的地方，住在大學的宿舍裡。

我不知道宿舍能不能被稱為家。家的準確意思到底是什麼，是四四方方有屋頂和床的地方嗎，它是指定一個場所嗎，還是一些更加深刻的羈絆呢。

第一天搬去宿舍，那天晚上匆忙地在附近夜市買了廉價的床墊、被子和枕頭，甚至來不及買床單和被套，就這樣睡著了。陌生的房間和陌生的人，八月底的夜裡，老舊的電風扇吱呀地轉動，牆壁上有前人留下的污漬，床邊的縫隙裡滿滿都是灰塵，把行李和生活縮進一個小小的空間裡，上面是睡覺的床，下面是書桌和衣櫃，我的宿舍是六人房，我們六個人都來自異地，都是離開家的孩子。

開始了與人的共同生活，一水一電，開燈關燈，起床的鬧鐘聲和睡覺時的呼嚕聲，個人最隱私的習慣，平常愛看的書、愛聽的音樂，是勤奮還是懶惰，自然而然就會隨著時間顯現。我第一次知道原來女生的宿舍可以髒成那樣。我的位置近門口，離冷氣最遠，常常半夜的時候被熱醒，可是離冷氣最近的同學怕冷，常常覺得開冷氣不好。我很晚睡，打完工回到宿舍已經將近十二點，那時才有時間做自己的事，常常在黑暗中摸黑去洗澡，回到位置上，連打開衣櫃都小心翼翼，凌晨三四點了，大家都熟睡了，我才爬上床。六點多，會被室友的鬧鐘吵醒。沒辦法，長大就是學會接受人與人的差異。

有一次在打工的地方受了委屈，不想回宿舍，不想面對人群的問候，只好坐在宿舍後方的樓梯，哭得唏哩嘩啦，外面有車經過，覺得世界好大，可是怎麼我連哭的地方都找不到。從小到大我天不怕地不怕，不怕黑也不怕鬼，唯獨怕蟑螂。有一次（其實是很多次）我們宿舍有蟑螂，我連睡覺的時候都不能放心，那是我第一次想回家，想起爸爸會把家裡清潔得乾乾淨淨，家裡從未出現過蟑螂，可是宿舍是我唯一可以去的地方，我無法離開宿舍。沒辦法，長大就是學會面對流離失所。

這樣的日子持續了四年，中間換過一個又一個宿舍。

大二下學期去韓國交換學生，韓國的宿舍真的很大、很漂亮、很貴。那是雙人房，房間裡有獨立洗手間，不知道是幸運還是不幸，我的室友一直都沒有出現過，所以第一次嘗試獨居生活。那時，窗外微微下起了雪，空蕩蕩的房間裡，連講話都有回聲。那一陣子喜歡研究殺人案件，看了很多跟犯罪有關的書籍，查了很多世界著名的懸案。有一天晚上我做夢，夢見了自己是將要被肢解的被害人，我掙脫了繩索，逃離那個充滿血腥味和屍臭味的地方，外面是一大片比人還要高的芒草田，我跑進芒草裡面，有風沙沙地吹，我分不清殺人兇手從哪個方向而來，一股巨大錐心的恐懼從四面八方襲來。然後我醒了，渾身在顫抖，凌晨五點，宿舍裡太清冷了，我找不到任何人來呼應我激切的心跳。寂寞可以如此明目張膽，不講道理。沒辦法的，長大就是學會適應孤獨。

交換學生結束之後，我又回到了臺北，中間搬過幾次宿舍，每次的時間長度大概二到四個月不等，每回到了期末時，開始整理行李了，才知道自己生活的痕跡有多雜亂，就在搬來搬去的過程中，我忽然懂了，不能有太多的行李啊，因為很多東西是帶不走的。

我不能稱我住過的地方為家，可是它們都確實是我那陣子的家。

離開一個地方，到達新的地方。

腦海裡想起的歌是毛不易《二零三》，他說二零三號房是在護士實習的時候住的房子，那是他一生最慘淡悲傷的日子。護士實習時常常目睹生命的病痛和死亡，他無法抑止對於生命感到悲傷，工作結束後他回到二零三號房，把憂抑的心情寫成歌。

其實你知道
來來往往有多少人

只是揚起了灰塵

這麼說來，我記得我住過的每個地方。

大四下學期，第一次在外租房。因為當時的精神狀態太差了，我覺得自己不再適合與人共住，在當時的男朋友幫助下，開始了第一次的獨居生活，那是離校很遠的地方，五樓最旁邊的房間，走出門便是天台。狂風暴雨時，能聽見迅猛的勁風刮過屋頂的聲音，在那裡我開始寫我的第一本書。那本書寫的就是那個時候的我自己，好的一面和壞的一面，許多情緒在一個人的空間裡得到釋放，我常常哭一整夜，醒來的時候滿地都是擦眼淚的衛生紙。有一次，半夜胃痛得睡不著，連站起來的力氣都沒有，那時候在想，沒關係，以後這樣的日子還會有。

我在每一個我擁有過鑰匙、在短暫時間內稱它為家的地方裡面，都寫過書，所以自然地，我想起自己的某一本書，就會想起那個地方，它們不再屬於我的家，可是它們曾經是我難熬的夜裡唯一的燈。我記得它們什麼都沒有的樣子，記得它們被回憶填滿，被我的快樂和悲傷充塞，我記得它們漸漸從無到有，到最後從有到無的所有過程。

沒有太多的傷感，我就像是表妹口中所說的冷漠的人，也許是我太懂得了，什麼叫做衰壞，什麼叫做離開。

考上研究所後，我從生活了六年的臺北去到對其一無所知的北京。

我以為我會在那裡生活三年，在研究所第一個學期結束後，我從北京短暫回到臺北過寒假，疫情就爆發了，便寄住在室友的單人房裡。

北京的行李沒有著落，它們被擱置在一間沒人住的房子裡，毫無煙火氣。後來過了一年，北京的租約到期，我必須把那裡的東西清走，好不容易請了研究所的北京同學幫忙，她幫我把那間房子還原成最初的空靜。我的所有行李被我同學堆在一個又黑又小的地方。那些我認為是生活必需品的東西，全部落在一個我回不去的地方。

雖然到現在
還不太安穩
你會為我默默留下一盞燈
其實你知道
匆匆忙忙有多少人
漸漸丟失了單純

重新搬家了。我和室友決定合租一個大一點的地方。

事隔一年多，北京的同學跟我聯繫，告知我她也準備搬家了，所以詢問我，要如何處置我在北京的行李。我給了她我在臺北的新住址，請她幫我把行李都打包寄過來。

七大袋東西，很多衣服、文具、書本、吉他、化妝品、我曾經珍愛的東西，最後幾經曲折終於收到了我的行李，可是我還是把絕大部分的東西都清理掉了，以前覺得必不可少，現在覺得可有可無。中間發生了一段小插曲，寄送的過程中有一個包裹寄失了，偏偏裡面是我覺得頗重要的東西，我的大學畢業證書和一些其他學習證書，還有我從中學開始寫作的手稿，一張黑膠唱片，一本考研時寫滿我的筆記的書，我覺得有些可惜，最後還是不了了之。重新回到大學申請一張畢業證書，其他證書也並非那麼重要，表妹一直替我打電話追尋包裹的下落，可是最終仍一無所獲。我說，算了，別再折騰了。表妹說，那不是很重要的嗎。我說，是啊，曾經是的。我只是發現了，就算沒有那些東西，我的生活還是過得去。

深切地明白，沒有人是沒有誰就活不下去的。

前一陣子看了《游牧人生》，講的是美國一群一無所有的老年人住在休旅車上的故事，他們四海為家，在一個地方上停留、居住、工作，然後再前往下一個曠野，遇見不同的人和故事，他們的車就是他們的家。女主角說：「我不是無家可歸，我只是無房可歸而已。」對她而言，她的車上的每樣物件都有意義，她開著二手房車，有丈夫的釣魚箱，有她父親留給她的一套盤子，這些東西，她一直帶著它們上路。

家不是四四方方有屋頂的地方，家是有心臟和有故事的地方。

即使我一直都在路上，即使我住過的所有地方，最多停留都不超過一年，但是我仍然願意稱它為家，因為家就是我在的地方。

我不知道現在住的這個房子租約到期後我會再次搬到哪裡，其實，我根本不知道明天我會在哪或者我要去哪，我們稱之為「未來」的明天都太過模糊而巨大了。

可我仍然願意帶著我的故事出發。

許多年之後
在哪裡安身
是否還能擁抱這樣的溫存
其實我知道
於你而言
我只不過是個匆匆而過的旅人

我，就是我的家。

傷心是因爲你比想像中的還要愛這個世界。

花東是個神奇的地方。

我說的是，我對於這個地方，有種很神奇的崇拜感。大概是因為，在臺灣生活的七年裡，我無數次想要到花東旅行，甚至已經安排好住宿和行程，把車子租好，與各種朋友或前男友約定好要去，可是最後都會以不同的奇怪理由，可能是颱風，可能是和誰絕交了，可能是分手了，可能是因為疫情，都取消了。以致我想起花東，都只會想起大家口中所說的，東部的海真的很美，你那麼喜歡海你一定要去。

無法達成的事就像是遠看一座美麗的城市，眼前總是蒙著一層白紗，每看一次都像是加了濾鏡的電影畫面。於是花東成為了一個執念，更像是某種魔咒本身，帶著神秘的神聖感。

一定要去。

有時候我覺得，我們對於某些事物的存在有極大的期望本身，就是件足夠美好的事。

終於要起程。

與研究所的一位同學約好，一直往南，我坐高鐵到高雄，朋友是屏東人，她開車來高鐵站載我。第一天晚上，我住在朋友的家裡，見到朋友的阿嬤，起初有點局促不知所措，越是往南就越給人深刻的親切感。

在屏東睡了一晚，第二天早上，朋友開車，一路往東部駛去。

車子裡放的是有點年代的八年級流行音樂，我們老套地說起了男朋友的理想型，我說我喜歡成熟的老男人，她說她長越大，越喜歡幼稚的東西，像是開始長大的我們，總是覺得以前的日子比較好。
出發之時，我說我想去看星星和日出，今年年初我寫下了這兩項願望清單。她說好啊。我們在開車的過程，一邊哼著歌，一邊計劃著將要去的地方。總是太多的期待疊加在一起。

一路往東，奔向大海，花已經開好了。
順著沿海公路一路駛向大海，沿路看見喜歡的海就停下來，甚至都不是特別著名的景點，杳無人煙。傍晚時抵達民宿，有雨輕落，一如那些從前尚未起程的旅途，有些期望總是會漸漸下落不明。
在臺東住了一個晚上，我們有研究生的樣子，都講起了自己的劇本，講起了關於學校的事，研究所已經跟大學不一樣。各自有各自的職業，甚至連生活都不重疊在一起，彷彿彼此都太過於清楚自己在對方生命的角色，自然把自己的痕跡修葺得更整齊一些。我們也說起了疫情，說起了人生的前進和停歇，大家都不可否認地討厭著今年，她說明年一定會更好的。我說，也許吧。

我和她真的大相徑庭，她是一位可愛的樂觀主義者，而我則相反，總是習慣先把事情想到最壞的一步，迴避自己太多的失望。

我說我再也寫不出新的故事了，她說不會的，因為未來永遠是未知的。我笑著說，你真好，我好想和你一樣，用期待的眼神看著世界，別那麼惦記那些紛亂的傷心。她說可能是因為自己從小身體就不太好，經常面對生老病死，所以學會了樂觀，如果不這樣的話，她難以活下去，因為她想活得久一點，想活得好一點。

我不禁在想，那些活得「好好的」人，並不是沒有悲傷，而是覺得悲傷也沒關係。

我記得差不多是這個時候，雪莉去世的那天晚上，我在日記本上寫著：「那些想活下去的人沒能活下去，曾經笑得燦爛的人後來都哭了。」

總是殘忍的，也總是可笑的，世界真的太不如願了。

我也明白，其實擁有很多的期望，也就等於擁有很多失望的機會。

天氣不晴，甚至下起了大雨。第三天到了花蓮，雨大到我的碎花裙子都濕了，好不容易把車停好，沿路找吃飯的地方，想吃的店全部都關了，我們在大雨中的街道裡走走停停幾個圈，終於找到一家很小很小的店，可以坐下來吃晚餐，我們是最後的客人。

回到民宿時天氣還是不好，星星和日出又掉回了我的願望清單裡，彷彿我從來沒有把它們拿出來過。

花蓮的海，一眼也沒有看到，整個世界只有隳突的狂風和暴雨。我不知道傳說中的美是有多美，山川湖海都不真切，只有我的失望是真切的。

那天晚上，我和朋友蓋著被子聊天聊到天亮，外面是瀝瀝的雨聲，整晚沒有停過。

我跟她說，我其實是一個很無情的人。我可以做很多決定從不考慮任何人的感受，甚至是到了最後還會傷了自己。父母、朋友、前男友，對我來說，在某種程度上都是一些可以割捨的東西，不止是人，還有物，我喜歡斷捨離，喜歡丟東西，我極其矛盾，一方面喜歡在任何事物上做記號和記錄，一方面不斷地把它們從我生活中刪除。我說我喜歡死亡，跟死亡有關的一切都讓我著迷，殺人案件、推理小說，手機裡常年有一個列表裡面盡是各種死去的方式（劇作或小說用）。決絕、果斷和疏離成為我的一袖托辭。

她說，可是你還是會傷心啊對不對。

我愣住，感受到某種真摯懇切的失望在胸口壓著。因為天氣不如預期，花束沒有想像中的美，雨覆雲翻，風捲浪濤，跟所有暴雨天如出一轍。

她說，她不覺得這樣的人就等於無情殘忍。

就像你會對某件事失望是因為你先對它有過很深的期望。

期望到失望的距離有多遠。

那天我在睡前想了很久，我想我明白朋友的意思，你會不喜歡這個世界，是因為你曾經喜歡過它。

第二天待在花蓮，一整天都沒有走出民宿，我們在房間裡叫外賣、喝飲料、上網課、看電影。窗外不是好天氣，雨水滑過窗櫺，不曾拭乾。

她說，即使這樣，她覺得她的一天也不算太壞。

就當作是在旅行中生活。

旅途中間有一天去了六十石山，雨落搖花，地面上的泥濘絆腳，花朵被雨淋得蕭疏。

我想，我明白我為什麼會覺得傷心。

那不是因為無情，不是因為我愛這些人事物的消亡，我想那是因為我不如我想像中那麼討厭這個世界，而是我太愛它了。我想這個世界好，想像它是溫暖的，想像我們的生活是美好的，是快樂的。
所以我會失望。

回臺北那天，天氣依然不晴，五天四夜裡，只有第一天有見到陽光，離開的時候仍有殘雨落下。

可是就在回程的路途中，路過了七星潭，朋友說來花蓮沒去過七星潭就等於沒去過。抵達海邊時，我們淋著細雨出去看海，終於看見花蓮的海，雨水茫茫，海藍得深情。

聽說疊石頭可以許願。我還是樂開了，很用心地疊了石頭，許了一些可能永遠不會實現的願望。

我忽然想到了，人類對於失望是有抵抗力的。後來我們還是會許很多願，還是會擁有多多少少的期待，即使世界從來就不那麼如願。

旅途不完美的地方太多了，不知道要怎麼總結它。

想起夏目漱石在指出他的學生有些做得不夠好的地方時，他會用到「白璧微瑕」這四個字，意指潔白而美好的寶石僅有那麼一點的瑕穢，雖有不夠好之處，但它仍是一塊白玉。

「每朵烏雲都鑲著一條銀邊。」是一句來自英國的諺語，原文是「Every cloud has a silver lining.」因為它太浪漫了，所以看書時把這句諺語摘抄下來，意指每件壞事背後都有好的一面。

天空太晴的時候，看不見雲塊的銀邊，白玉太過無瑕便難辨其獨特。

現在我知道了，是這次的傷心讓我想要再去一次花束，是失望給了我再去期望一次的機會。

下一次，或許下下次，下下下次，我總會見到晴天底下花束的海。

你不該在我的荒原裡枯萎。

愛的意思是，勇於喜歡，又敢於承擔。

我喜歡愛得全力以赴的人。

我覺得愛就是包含任何事物的一個複雜東西，它是生活、是快樂、是痛苦、是渴望、是不捨、是不安、是感受、是未知、是習慣、是改變、是悲歡、是一切一切，所以全力以赴的意思就是勇於喜歡又敢於承擔。

致偶像
我毫無指望地仰望你。

在疫情面前，就連相見都是一種奢侈。

我有試過跋山涉海去看你們的演唱會，一路狂奔，甚至來不及去買螢光棒。也有試過買不到票站在場外聽完一整場演唱會。試過坐第一排，也試過坐最後一排，我見過一比一的你，也見過糊成一團光芒的你。我有試過在演唱會哭得不成樣子，也試過在電腦螢幕前遙遠地望著你。

太多了，該從何說起。

我一直覺得人生是一個消磨的過程。

喜歡會被消磨，熱情會被消磨，力氣會被消磨，自己的模樣也是漸漸被消磨的，時間太過巨大，其實在世界和時間的前面，我們除了我自己，什麼都不是。

所以什麼才是最難的，喜歡不難，熱愛也不難，努力生活不難，活著不難，奔跑不難，去瘋去愛也不難。

難的是持續，持續喜歡，持續熱愛，持續努力，持續善良，持續溫柔，這才難，這才是最難最難的，因為你要以自己去抵抗世界上所有的消磨，所以好難，真的好難。

這兩年我一度覺得對於你的喜歡，差不多已被時光消磨得乾乾淨淨，也不會想在你們一出消息就去關注，不會知道你們最近的狀態，常常會想，這樣的喜歡是不是就成為了習慣。

你們開演唱會，就去看。你們推出新歌，就去聽。保持著最遙遠的距離，各自安好。

我好像再也不會為你瘋狂了親愛的，這是一件好事還是壞事呢。

昨晚在演唱會上，你（們）開口感謝了好多人，五月天成軍24歲啦，謝謝一路陪伴你的團員們和工作人員們，可是聽到最後，才發現你根本沒有感謝你自己。

這次剛好在成軍紀念日開演唱會，地點在臺南，應驗了「出門靠朋友」這句話，有幸被照顧，住到高雄朋友的家裡。一連三天的演唱會，我每一天都有去。其實每天唱的歌都一樣，朋友的爸爸不太理解，同樣的演唱會為什麼要反覆地看，一來是金錢的問題，二來是交通的問題，每天演唱會一來一往要花很多時間。

我笑著說，這就是歌迷的情懷。

昨天唱了好久沒唱的任意門，一首歌過去，好幾年的時光，陪你們走過的地方，每一趟的旅行，就像電影畫面一幕一幕閃過，然後這首歌過去了，我也淚流滿面了。

是「一離開臺北，就想念臺北」

是「無名高地到鳥巢的十年」

是「平凡的我們也將回到平凡的世界」

是「而你的故事，現在正是起點」

是喜歡變成習慣，是瘋狂變成難忘。

所以不是消磨了，也不是失去了，是它變成了生命的一部分。習慣，就是從煙火般的絢爛，變成了平凡的日常。

二〇二一年開始，我能感覺到自己慢慢地成為了大人（心態上），而大人的世界，沒有了純真，沒有了童話，沒有了魔法世界，沒人會給你糖果，沒人會一直成為你的雨傘。

成長在某種程度上是近乎殘忍的，它不給任何人留餘地，而幾乎無從選擇地，我們就這樣無聲無息地長大，且無法回頭，只能偶爾感慨從前的稚氣。

大人的世界，沒有想像中的那麼好，以前想要身先士卒衝進大人的世界，衝進這滔滔滾滾的人間，現在被後面一波又一波的猛浪沖進大海，水溶進更大的水裡。

幾乎所有的人，都是基於他們的身分而給你建議和意見。

這個世界好像已經沒有純粹的東西。研究所是為了文憑，同學是為了完成課業，工作是相互合作，大多的東西，都帶著極其強烈的目的性。

而帶著目的的事情，都大多醜陋。

可是呢。

如果說，這個世界有唯一一樣不帶著任何目的的東西，就是喜歡偶像。
我不用你為我做什麼，真的。
我希望我們永遠保持著這種遙遠的距離，我希望我不被你看見，我希望你並不知道我這個人存在，我希望我的喜歡不會成為你的負擔，我希望你快樂，不出於任何的目的，沒有任何的指望。

常有人問我，怎麼定義喜歡和愛？
它們常常不是選擇題，而是一項進階題。不是在喜歡與愛之間做出了選擇，而是漸漸從喜歡遞進成愛。
它們組成的部分往往很相似。所以才總是在困惑，是喜歡還是愛，但我要真的在中間區別出什麼的話，我覺得就是多了一點點習慣，多出了一點點日常吧。

它可能不再瘋狂了，它可能不再激烈了，但是它慢慢地擊敗了時間，與歲月為敵，溶進生命的長河裡。

毫無指望地做一件事，太難得了。

我希望我永遠為你們鼓掌，我希望你放心地成為那團我觸碰不到的光。

329成軍快樂，下次見，無論如何我會翻山越嶺地去見你。

習慣，
就是從煙火般的絢爛，
變成了平凡的日常。

愛與不愛都不是人生的缺憾。

1

無疑愛是件很美好的事，很溫柔也偉大。可是那不代表，不去愛的人就是遺憾，就是不足，就是不圓滿。

我覺得愛永遠都是人生的加分項，而不是減分項。少了一點愛，我的人生也一樣可以很精彩。偶爾孤單，偶爾悲傷，先學會愛自己，後而愛人。

七月買了一件衣服，上面用英文寫了一句話，我覺得大家（和自己）都應該全句背誦：How you love yourself is how you teach others to love you.你愛自己的方式教會別人怎麼愛你。

2

前一陣子我追蹤很久的一位追星的朋友轉發了一篇這樣的貼文：「人為什麼追星？因為你想要的是戀愛感而不是戀愛。」雖然只是搞笑說一說，可是戀愛感和戀愛這兩個詞被我寫進日記裡。

然後有人問，可是你不想談戀愛嗎？想啊，偶爾也會想，看見電視劇或電影裡男女主角們浪漫的愛情都會想，我要是也能談那樣的戀愛就好啦。可是有時候當愛真的擺在自己面前，卻又會恐懼又會猶豫。人真的是很複雜的生物，結果最終人想要的不是戀愛，而是戀愛感。

我到現在都不知道愛是什麼。常常有人問我你覺得愛是什麼，我無從回答。因為愛的定義，只對你自己有效。

3

一定要給愛下一個定義的話，那就是每段愛都有相對的責任。你不能只要美好的部分。愛本身包含的悲傷大於美好，你願意為其承受的痛苦，是你愛的程度。

4

戀愛必苦嗎？我覺得是。可痛苦不是快樂的反義詞，有時候人是會既快樂又痛苦的。

這跟熱愛也很像，單純只是喜歡做一件事或喜歡一個人，並不太苦，當你想要好好做一件事和好好愛一個人的時候，就會漸漸感受到它的本質其實苦苦的。因為愛開始有了重量，在你的生命裡變得重要。

這也是戀愛和戀愛感的差別。

5

只有在你願意的時候，愛才能成為你的歸屬。

：「討厭世界什麼，喜歡世界什麼？」

討厭世界，總是讓善良的人受委屈。

喜歡世界，即使是受了委屈也依然很多人選擇善良。

我們把再也不能的事情，稱爲死亡和遺忘。

第一次離死亡很近是大一的時候，回香港度過寒假，途中收到了外公去世的消息。

外公生活的所在地在廣州，我們這些散落各地的子子孫孫們，從四面八方地前來，送外公一程。雖是說送外公一程，不如說是我們需要一個儀式，在心裡送走外公。

我不知道一個人死去時要辦什麼手續。怎麼聯繫殯儀館，怎麼安排火化，怎麼打理死者身後的財產，怎麼安排靈位，要像電視裡說的什麼七七四十九天嗎，還是像基督教或者韓劇裡面那樣一身黑衣，三跪九叩，要哭紅了雙眼，要找一些有權威的師父念念有詞嗎，這些我都不知道，我只是十八歲，我跟死亡毫無關係。

我是坐夜車趕去外公遺體那裡的，路途中我一個人坐車，選了靠窗的位置，剛好差不多要到冬天了，不禁在想冬天會加速一個人的死亡嗎，是這個世界太冷了嗎，我的情感也被冬天凍住了，不對，是我太冷了嗎。

黑夜裡的旅途總是一成不變，沒有起伏。

橘黃色的路燈按照著車速一盞又一盞地從眼角掠過，公路的樣子都一樣，外頭漆黑看不見山也看不見海，毫無紀念意義可言。長途巴士的路程就是如此乏味，與時間平行對峙著，那條去路好像永遠沒有盡頭，你不會記得自己已經走了多久，只會記得那一路的暈黃，模糊了時間的界線。

我在做什麼呢，記不太清楚了。

我其實和外公並不親近，自然沒辦法流露出痛心泣血的悲傷，我連眼淚都沒有掉，就是安靜地前往瞻仰一具屍體即將消逝的路上。

外公是個很兇的人，小時候只有寒暑假會見到外公，老人家的身體一直很健康，嗓門也很大，但他不太會和我說話，可能是我一直在親戚們的眼中都是屬於「比較優秀的孩子」那一類，通常也只會收到「好好讀書，學業進步」這樣的祝福。

這是我對外公的記憶的全部了。

再其次是聽聞而來的故事。

從我媽媽、我的小姨（媽媽的妹妹）、我的三姨（媽媽的姐姐，表妹的媽媽）聽來的，其實關於外公的故事都不是什麼好故事。

年代久遠的時候通常都是重男輕女，典型的華人家庭，父權主義，男尊女卑。外公和外婆有六個孩子，中間只有一個是兒子，到了小姨出生的時候，外公就帶著「怎麼又是女孩」的想法，把一個小小的嬰兒丟在鄉村所的門口。外婆生產後還沒有恢復好身體，卻丟失了一個女兒，那時我媽和三姨和外婆就連夜去把小嬰兒找回來，才有了今天和我很要好的小姨和表弟。

上面不過是一段文字，卻可能是一個人一生的轉折，差一點就要上演一個女孩尋找親生母親父親的狗血故事了。

聽說在那個年代，這種事情常常發生。我很小就聽說我媽媽和阿姨們講起這個故事，她們如此雲淡風輕，好像、好像拋棄一個女嬰兒都不是什麼特別大的事情，她們像是在討論電視裡的情節那樣，甚至還帶著些許調侃，尤其是小姨，這位當事人，說這件事的時候笑得沒心沒肺，宛如毫無關聯的路人甲。是已經把記憶內化成身體的一部分了嗎，還是已經當那個時候的自己不存在了呢。

男孩女孩是生命的分界線，從出生那一刻就好像注定了某些命運一般。你是男孩你就值得被寵愛，你要喜歡白白淨淨的女孩，娶她回家，做一家之長，你要賺錢養家，你要成為家庭裡的英雄；你是女孩你就要乖，要學會做菜、做家務、要嬌柔，適當的時候你要找個值得託付的男人嫁了，然後相夫教子，成為家庭的附屬。

那個年代，是男還是女，這麼重要，重要到可以拋棄生命，拋棄一個人的人生。

後來小姨的生活雖然坎坷，但也過得不錯。是幾位兄弟姐妹中最會賺錢，性格也是最硬朗的，總是給人一種女強人的感覺。

以前我不懂，一個人的個性是自然而然的，也許很多時候我們是什麼人，會成為什麼人，在很久以前就已經決定好了，而宇宙和世界就是按照著某種我們肉眼看不見的法則在運轉，各自有各自的軌跡。

幾年前我看了一部韓劇叫做《記得你》，男主角是位很聰明的人，他被父親認為是反社會人格的怪物小孩，出於愛而把他關在房子裡面，囚禁了他的童年，裡面讓我很深刻的一句話是：「每個人的故事都是從父母開始的。」所以，劇中的男主角為了不要成為父親眼中的怪物小孩而畢生都在努力；所以我的小姨為了不再被人拋棄而付出了大半生成為一個堅強的人；所以被寵愛的那一方總是有恃無恐；所以缺愛的人才總是錯把其他情感當作愛；所以自卑的人總是想盡辦法要傲慢起來；所以被凌虐的人往往會成為施暴者。

所以，萬事皆有因，我們從出生那一刻就開始被塑造。

偶爾我希望小姨不是一個那麼要強的女人，她常常跟兒子（我的表弟）吵完架後默默流淚，可是她從來沒有跟表弟說過她的傷悲。

被拋棄過的人總是格外的堅強，堅強得讓人心碎。

而最心碎的是，長出繭的心臟，再也沒辦法回到原來的模樣。

最後火化的時候，我們一行親戚，同輩的幾位表哥、表姐、表妹都站在後面，遠遠地看著棺材緩緩地被推進火化爐裡，忘了上一次見外公是什麼時候，可是他即將變成絲絲縷縷的灰煙，一個人的人生最終就頓止在這裡。

有人哭，有人沉默，可是我只覺得安靜，死亡好安靜啊。

我還沒明白死亡是怎麼一回事，死亡是靜止嗎，死亡就是再也不能了，對嗎？

我應該要覺得傷心才對，因為那是我的親人。

可是我想我並沒有，沒有傷心，沒有任何的感覺，就是覺得啊外公去世了。

那一刻我明白，一個人的重量，不是靠所謂世俗的名詞而定義的，是靠你和這個人的回憶而成為雋永的。

然而，我和外公並沒有共同的回憶和經歷，我只是對一具冰冷的屍體告別而已。

火化後的種種事情，我不記得了。

大概是做了很多傳統又繁複的事情，我仍然不懂得死後的一切儀式對死者來說有什麼意義，可能是我錯了，這些繁瑣的事情並不是對死者做的，而是對活著的人做的，只有為死去的人做些什麼，才算是有彌補到在死者生前沒能對其做的事吧。

即使死者不會知道了。

因為死亡的意思大概就是再也不能了。

更加了解死亡，是生的意義吧。

我一直覺得生存和死亡不是對立面，
而是並行的。
我希望有朝一日我們能毫無畏懼地談及死亡，
像所有誕生那樣，
有盛放也有凋零。

有些生死，
是連神也無能為力的事。

餘生的每一天都叫做明天。

我常常很焦慮。小時候喜歡咬指甲，到了大學才把這個習慣戒掉，然後換成去撕嘴巴上的皮，最近在很多發呆的時間裡，我不停地去摳自己的指甲，流血了才發現，原來身體一直都記得，記得所有的疼。

後來我學會了，通過自己的身體去看自己的心理狀態，只要我的嘴皮和指甲流血了，就會知道，我的心也流血了。

我們可以自己騙自己，但是身體騙不了任何人。

生理上的一切衝動，都難以阻擋。無論是咳嗽、喜歡、厭惡，還是一切絕望和心碎。

一年裡最喜歡的月分莫過於五月和十二月。五月的天是初夏的甜，那十二月大概就是一個溫暖的繭，包裹著所有今年未能完成的遺憾。很多事做不成，或者不想做，可能是我還不夠用力，可能是我能力不足，可能是好，可能是不夠好，可能是這個世界，可能是自己，總是太多的問題，總是太多的藉口，於是這些總總，變成了如今的日子。

二〇二〇年好像真的太差了，是我沒有想像過的餘生，是我沒有計劃過的明天。可是它又好像沒那麼差了，現在我每當想起二〇二〇年，就會想起《所有溫柔都是你的隱喻》，也會想起這本《想把餘生的溫柔都給你【12萬冊紀念版】》，我會想起一群人在出版社的辦公室裡瘋狂包書，一起叫外賣，我會想起這個晚上，想起每一本獨一無二的書。明天又要來了。天又要亮了。餘生到了，以每一個「明天」的名字。我們走過，然後從明天，變成紀念。

之前常常有人問我，你覺得最浪漫的詞語是什麼，我相信很多人會覺得我會回答「溫柔」，溫柔其實是我的目標，而不是浪漫。我認為最浪漫的詞語，其實是「餘生」。

我十分深刻地記得《想把餘生的溫柔都給你》出版之後，有一場分享會在臺中，大部分來到現場的讀者們都是年紀與我相仿的年輕人，然後在眾人之中，有一位一頭白髮的老奶奶，她坐在那裡聽完我整場的分享。到了問問題的環節，那位老奶奶舉起手來發問，她問：「妹妹，你那麼年輕，為什麼要用餘生這個詞語啊？」

全場一片寂靜。

那時我就覺得，其實我們在自己的人生劇本中，永遠只能決定自己的重量，無法決定別人的重量，因此，我們總是覺得自己的悲傷、自己的故事、自己的感受與經歷，總是最特別的，因為那是我們能感受到的全部了。

所以我能理解，在那位經歷世間一切滄桑的老人家面前，我不過是個不懂事的小丫頭，淨是強說愁。

是的是的，去翻查世界上所有的中文字典，餘生都是一個負面的詞語，剩餘的人生，餘下的生命，通常只有離死亡不遠的人才會用到這個詞。

我說，我曾經經歷一段很難受的時光，在那一段時光裡，我的世界是碎裂的，我沒辦法拼湊出明天的樣子，身體的各種病症，讓我的精神狀態崩潰，我無法進食、也無法進行任何社交活動，沒有力氣離開床，起來去上班或者上課，我失去了行動力，失去了睡眠，這些讓我的生活沒辦法延續下去，我感受不到愛，也感受不到痛，我感受不到活著。我時常在想，要是我能感受死亡就好了，所以每天每天，我身上的黑狗都在跟我說，去死吧，反正活下去也沒有意義，你不知道這樣的日子要持續多久，你不知道這些身體的疼痛會張狂到什麼時候，你看不見盡頭，生命也常常看不見盡頭。我問自己，要是這樣活下去，還叫活著嗎，那為什麼不乾脆去死。那個時候，每天每天都像是桎梏，我被困在這樣黑色的小房間裡，走不出去，經常搞混日出與日落，我模糊在人間，看不見明天。

然後有一天，我仍然忘了白天與黑夜，從夢裡醒來時，竟不知道生活是夢還是夢是生活，我坐在床邊，一切都顯得不真實，頭暈腦脹，耳邊嗡嗡作響，我想，還是再去睡吧，清醒也許不是一件好事。

我大學的室友剛好下課回到寢室，她看見我坐在床邊，呆呆地像是一個失魂的人。她說她能看見我在死亡。

桌子上是她早上煮的飯菜，已經涼了，但我什麼都吃不下。

她說，我們去看醫生好不好。

我說，我想死。

多麼諷刺的一件事，我曾經認為自殺的人，是這個世界上最蠢的人。

那一瞬間才明白，要有多痛才想要離開世界呢。

她說，明天很長，你有什麼做不到呢。

你可以做任何事。

明天很長，那些你現在做不到的，那些你現在無法實現的，那些一切你到目前的人生為止無法得到和擁有的事物，明天那麼長啊，你有什麼做不到呢。

活下去，明天就是活下去，明天就是餘生。

多浪漫，我不知道剩餘的人生有多少，我不知道我的悲傷和現在正在經歷的一切在別人眼中有多幼稚、有多不值一提，我不知道明天，不知道死亡的意味，我不知道什麼叫活著，不知道什麼是生存、什麼是生活，我不知道世界是不是真的大到可以讓我不斷地往前走，不知道烙印下來的回憶什麼時候消逝，不知道我還能得到些什麼，還能失去些什麼，我不知道所謂人生的意義，功成名就，不知道怎麼實現快樂，我甚至不知道自己是誰，自己到底是什麼樣子，我不知道自己在做什麼。

又如何。

不知道生的意義，又如何。

也許永遠都找不到答案，又如何。

這些真的那麼重要嗎。

如果這些真的那麼重要，重要到讓你那麼悲傷，那麼重要就是它的意義啊。

餘生，多麼浪漫的詞。

「我親眼目睹，每一個邁向死亡的生命都在熱烈生長。」——肯・福萊特

月亮是夜晚唯一的光芒

輯三

悲喜自渡

lunarian

每個人都有一片屬於自己的大海。

你不想蒞臨我的海域，我不怪你。

不是有了雨傘就不被淋濕，
看見光明就能擺脫黑暗。

有些陰霾終究成了影子的一部分，後來再多的清澈也都稀釋不了從前的淤泥。

發現一個很傷感的字：Collapsar。
意指隕落的古老星體，利用自己的重力慢慢地自成一個黑洞。
你有沒有見過這樣的星骸，在無人光顧的時刻裡，把自己放棄，投進千山萬壑之中，遠離所有光亮和繁星，寧願成為孤懸的繭。

快樂的反面不是悲傷，也不是疼痛，
是麻木，是失去活力，是荒蕪。

我終於變成無所謂的樣子，
開始習慣一些痛苦的發生，
開始將就著那些不情願的事情，
無可奈何地看著誰的離去，
終究不再期盼誰的到來。
是什麼讓我變成一個無所謂的人呢？

如果只有一個願望，我希望你能快樂。

重新去看醫生是個艱難的決定，上次抑鬱病發的時候已經是兩三年前在首爾的時候，日漸消瘦，親眼見證自己走過罕漫的荒野。如今，我已經抵達了那時候覺得抵達不了的明天，後來我都在想，我一直能好好活下去，畢竟都爛成這樣了，墜落到底就不會再墜落的時候。

我不難過，我對醫生說。

我其實生活得很好，沒有發生什麼悲傷的事。之前許願考研成功，我也考到了。書一直在寫，作家是我畢生的夢想，我也在做了。劇本也是，很努力地拿到了滿意的分數。想做的都在做，想擁有的我都靠著自己的努力一點一點完成了，沒有後悔的事，人生沒什麼遺憾，生活沒有波瀾。然後是失去痛感，失去對事物的一些感覺，失去共感能力，從前的歇斯底里、任性、埋怨、哀愁、失落、崩潰、那些亂七八糟的東西，沒有再回溯到我身上，一瞬間，我才知道，原來我還有很多東西可以失去。比如失去悲傷、失去衝動、失去活力、失去情緒、失去心跳。

這對我的生活沒有任何影響，我依然三不五時和朋友逛街吃飯唱歌喝酒，我依然每天看劇、看電影、看小說，我依然還是常常作惡夢，依然上著研究所的課，準備著新書的雜事，我依然熱愛所有浪漫可愛的事物，即使美麗的東西都大多無用，依然喜歡追星和看俊男美女。

不就是這麼活著嗎，我常常問自己。其實大部分的人是這麼活著，有一點點小確幸，有一大段不快樂，而平凡如我，其實在很多身分的切換中，也不過是「我」，與大多數的人如出一轍。

你到底搞什麼啊，矯情給誰看，你到底在悲秋傷春個什麼勁，活成這樣那你還想要怎樣。我總是被自己的問題嗆住，總是在倒影裡看得清自己卻無法觸及，總是回答不了我對於自己的嫌棄和不屑。可是，身體就是知道，某些東西在靜悄悄地流失。

流失，是不是生命最終的狀態呢？我常常問，沒有解答，因為我仍然沒抵達死亡。而我知曉，不過二十五六歲，我仍然有漫長的時間要流失，更多空白要填滿，如果我是神，我會駁回任何一切來自於「我」的人生上訴。

可是我不是神，我只是我。

你知道嗎，我這兩三年，就是上次看精神科抑鬱之後，我真的真的很努力生活。我許願我想要去熱愛生活，好好活著，好好吃飯，好好睡覺，然後我找了新的目標，去考研，儘管記憶力的事或者生病的事，有很多很多事都不如意，可是我在考研的過程，真的每天都活得很用力、也很努力，那時候我覺得自己真的好了，可以一直好下去。穿越荊棘，成長為我想要的那樣的人，我真的以為我做到了。考上研，想要做的事就馬上去做，追星、旅行、寫書、愛人、分離、學著溫柔、去新的城市生活、學習新的東西、走向不同的人群、展開全新的生活、忙碌、向陽、善良，在這兩年來的日子，我真覺得已經離那些亂七八糟的東西好遠好遠了。

可是我發現，原來沒有，我走了那麼久，只是提起腳在原地踏步。

我沒有離開荒野，只是習慣了荒野。

研究所教授說：「世界上沒什麼事是一成不變或非做不可的，我希望見到你快樂的樣子。」

表妹說：「我許願你學會讓自己快樂。」

⋮「沒什麼大不了的。」
⋮「沒有事是人生大事，你才是自己的人生大事。」
⋮「要快樂，要快樂噢。」
⋮「你笑起來真好看。」
⋮「要記得你曾經是個愛笑的人吶。」
⋮「希望你能快樂。」

我知道有時候快樂，並不是一個實質的事物，它常常只能比擬，無法緊握，更像是一種人生的理想狀態，而如果太想要抓住什麼東西，往往錯過得更多。太執著於快樂，就會和許多細微卻閃亮的事物擦身而過。

即使我知道要快樂，是件很難實現的理想主義，我還是想要許願成為一個快樂的人，這更像是我主動要去追求些什麼。

去追求些什麼，對於正在生病的人來說，太重要了。

只有自己願意，才能往前走。
只有自己願意，才能實現。

你沒有資格
說我的悲傷庸俗

有的人覺得打開一扇門容易
有的人覺得不
有的人習慣站在門前
跨不過去
索性緊緊地把門關上

容易掉落的人
和容易停滯的人
哪一個比較悲傷
我說不清楚

晴空的空
和虛空的空
是不是同一種空

我也不知道

或許有一些空
本身就是黑洞
只是你看不懂

承認自己做不到某些事
並沒有想像中的困難
就像癒合
是我自己的難關
而不是你的難關
我的難關
我說了算

你其實一直都知道你的悲傷來自何方。

「你還好嗎？」

爸爸總是這麼問。離開家裡的日子積累成為巢窟，物理上的距離緩緩地形成了心的距離。來自遠方的問候，對於親近的人或是從前親近過的人，好像是比陌生人還要難以坦誠。

你想要他好，想要他覺得你好，想要他不為了你的不好而覺得不好。所以你也總是不會說不好。

「OK啦。」

是我最常跟家人講的一句話。它含括了「其實還行」和「其實就這樣」的意思，往往就是我說不出好，也說不出壞的時候會用的回答，而日常生活就是一句ＯＫ啦，說不出好也說不出壞。

不好不壞也挺好的。

好或不好也不過是一時的感受，等到明天的天亮了起來，你就會覺得昨天的不好不是什麼東西，因為你還會有了今天的好或不好，過了今天的好或不好，你也還是有明天的好或不好。

所以我又悄悄地跟自己說，都沒關係，都不要緊的。

有時候自己也未必能跟自己說真話。

一兩年前，透過讀者知道有一個帳號一直在盜用我的文章和照片，這個人用我的身分存活在網路世界中。

得知這件事的當下，除了一腔怒火湧上心口之外，更多的是無奈以及不解。

我不知道一個人要有多討厭自己的人生，才想要活在別人的陰影底下，帶著別人的面具活著是一件多麼困難的事情，而這個人一直持續成為「我的分身」兩年的時間，直到我傳訊息請她不要再這樣下去了。

她說她有病，她很喜歡我，很想成為我。

我說我也有病，可是你永遠成為不了我。

每個人都有自己的缺口，我解決不了誰的困難，就像誰也解決不了我的困難一樣。

活在無數個今天裡，不是別人的影子裡。做自己模樣，而不是複製別人的樣子。否則在很多個未來的日子，你只會越來越看不起自己，然後你還是陷入複製別人生活的惡性循環。你會因此越來越討厭自己，討厭自己終究成為不了自己想要複製的人生，你會恨不得自己去死。

所以，別這樣，即使是殘枝死木，也要在自己的樹上生長下去。

每個人都有自己的缺口要去面對，沒有人例外。
要認真地列張自己的悲傷，其實很難。
我過得不好。天天都是。我已經好多天沒有在夜裡睡著，也沒有在日裡起床。起來的時候已經是下午四點半，想了想乾脆就躺到晚上吧，那我今天就只要吃一餐就好，反正也沒有正常吃飯，那麼，吃什麼也顯得不這麼重要了。深夜裡沒有別的聲音，可是就是有什麼拖著你往後退，在所有人都前進的時間裡，只有你不斷地往回去，像是生命無法泅渡到下一個階段一樣，你被卡死了，卡在這樣沒有聲響、沒有光亮、沒有期盼的一個個夜晚裡。
然後天亮了，你的頭開始痛了，今天吃了四片止痛藥，精神卻依然糜爛，仍然暈沉，你不知道自己怎麼了，可是你在自己的身體裡再也找不到什麼活力。
肯定是某些地方故障了，壞掉了，才會這樣。
我反覆地思考，我其實一點都不悲傷。我再也沒有坐在鏡子面前哭泣了，儘管我看電影或是影集或是小說時還是會因為一些場景哭得嘩啦嘩啦的，我曾是那麼愛哭的人啊。可是，我再也沒有因為自己這樣子而哭過了，我再也不會為自己的歇斯底里而哭泣了。

再也沒有的東西，是不是就代表著已經死去了。

那些說不清楚的事，並非罕漫不自知，而是自知其重，卻不願言明。

我知道我睡不著都是來自於自身的焦慮。

我覺得自己寫不出文章了，所以我不願起床，起床就要面對這個沒有答案的世界了，所以下午四點半了，我仍然不願意從自己的黑色房間走出去。然後一天過去了，騙自己去做些喜歡的事，耽擱著一些事情，用許多藉口來延緩要去寫作這件事，然後天又亮了。我要去睡了。可是怎麼能睡啊，你今天一事無成你知道嗎，你有什麼資格休息，有什麼資格像是普通人一樣安詳地睡著，你不可以。然後你開始頭痛，你的身體要你記得，你正在潦倒，正在過得不好。

你一直都知道的，一直知道你的悲傷來自哪裡。
你知道，但是你沒辦法，這就是你持續破碎的原因。

我是誰，我在哪裡，我到底在做什麼。
這是我一個人的時候時常問自己的問題。
花了絕大部分的時間都無法得出令人滿意的答案，這三個問題不是物理上的問題，不是在問此時此刻我是誰、我在哪、我在做什麼，如果是這麼簡單的話，那每一個人都會沒有遺憾的。正因為無法得到滿意答案，才會一直一直把問題延續下去。

沒有什麼答案會讓人絕對滿意。
就像是我對家人說「挺好的」時，我的內心會知道自己在說謊；可是對他們說出「我不好」時，我會難過他們為我而難過。我不能對自己的悲傷置若罔聞，如果硬要選出一個答案的話，我希望至少能對自己誠實。

誠實地面對自己身上各種漫漶的一切。

即使這個過程大多時候都有點疼痛。

你們都覺得悲傷，
我只覺得空蕩。

快樂和悲傷都是眞誠的。

我好像忽然有點理解為什麼別人不能理解我的歇斯底里，大抵是我們沒有相同的頻率吧，所以我的寸步難行，你並不懂。不懂沒關係，可以尊重已經是了不起的事。

好幾年前生病看醫生，醫生說我有點表演型人格，我想我的確是個很會裝的人，沒事裝有事，有事也能裝沒事、裝善解人意、裝溫柔、裝人情味濃、裝快樂、裝優秀、也裝努力，有時也會裝悲傷、裝懂事、裝堅強，我猜不是因為我是雙子座的原因，而是懂得分辨在什麼場合裝成什麼樣子才能得到最好的待遇和回應，所以會不自覺地，衡量所有利弊，選出一個最合適的樣子給眾人看。去演講時的我，簽書會的我，到出版社開會的我，坐在研究所教授面前的我，是不朽時的我，是泰勒時的我，在父親母親面前的我，深夜一個人看著天亮的我，搜尋死亡方式的我，都不是同一個人，可她們又都是我。有時候我分辨不出哪個是真的，這也是為什麼大家都說要「找回自己」，但實際上我們真的知道哪個時候、哪個階段的自己是真實的自己嗎，還是只是假定哪個時刻的自己是自己想要的呢？那麼，我想要的自己會隨著時間轉變嗎？那轉變後的自己就不是自己了嗎？或許每個都是我吧，像是洋蔥皮和洋蔥內心都是洋蔥的本身那樣，每一層，每個破掉的口，每個腐爛的地方，大概都是我本身吧。

我依然分不清楚，是對生活失去了知覺，還是對生活游刃有餘。有時候我不太能分得清這兩種的差別。我過得很好，日子從頭頂飛快地掠過，我分辨不出來是快樂或悲傷的顏色，是因為太淡太淡了，還是我的雙眼已經看不出陽光折射反照的不同光彩。

醫生說情況有好轉，我也覺得是。好好睡覺，好好吃飯。把生活好好過好，就是一種好的生活了，對吧？我仍然不停不停地問自己。

好多問題沒有所謂的答案，我只是太空洞了，空到找不到東西填滿，不是因為被誰綁住了手腳或是束縛著意志，不是世界讓我做不到想做的事，不是的，根本就沒有什麼阻礙，沒有，只要我願意，就沒有做不到的事。我知道，我只是太空了，身體裡面滿是縫隙，時間可以輕易穿過，心臟像是太空黑洞那樣，太空太空了。而太空的人，總是需要更多的盼望。

寫過一些文章才明白寫東西不能緩解自己的缺口，不能，我的文字救不了自己。事實上也沒有人救得了我，我們救不了任何人，我們充其量一生只能試著拯救自己。

我有時也受夠了這樣矯情又破碎的文字，現在回想起來過去寫的每一篇日記中所提及的煩惱都不值一提，我依然看不起過去每一個階段的自己，還是太幼稚了點，太做作了一點。我們對過去的自己總是無能為力。可是我無可否認，這些愁都是真的。儘管別人覺得不過如此，在別人的世界裡這些都是累贖，可在我這裡，都是真的，快樂是真誠的，理所當然，所有悲傷都是真誠的。

我說過每個人都有一片屬於自己的海洋。
曾經有人跟我說，想要當海。
我說，不要親愛的，如果你是海，你一定裝了很多無以名狀的傷心。

過去了的事情，
我們總是無能為力，
可是無能為力的東西，
不代表真的沒關係。
它會變成一根刺深深扎進身體，
怎麼都拔不出來。

有時候努力看起來就像是在掙扎。

換了一種安眠藥，吃完之後會頭暈，我要慢慢扶著牆壁走回自己的房間，然後有天晚上我不小心摔倒了，清晨五點多，我像個爛醉的人，扶不起自己。

我常常不知道自己是昏眩還是睡著，可是有差嗎，我想其實也沒有，就像失去跟失望可能只是程度上的差別，割捨和遺缺不過是掉落的過程。我猜有一部分原因是我自己，因為我無所謂，早睡和晚睡都只不過是一種錯覺，日出和日落有時候實在是太相似了，都是一些會消逝之物。

我想要擁有更多的在乎。

你知道嗎，我身邊一直有很多人跟我分享他們的喜怒哀樂，朋友、讀者、認識的人或不認識的人。他們的愛情、友情、親情、人生、傷口、憤怒、疑惑，他們心碎，他們傷心，他們在乎好多的東西。

我常常在想我為什麼不能在乎更多，為什麼我不能像其他人一樣在乎，或者擁有那麼多在乎的東西，他們有人生夢想，他們想賺錢，想變得成功，他們去愛或者被愛，他們深陷，他們走不出來，他們流淚，他們擁有情慾，他們做愛，他們有慾望，有想愛的人，想去的地方，有想吃東西，有想要抵達的明天，他們有那麼多理想和盼望，為什麼我不能在乎更多。為什麼我擁有那麼多東西，可是我卻不能像他們那麼在乎。

—— Don't get too much involved.

這是影集《新世紀福爾摩斯》裡面的一句台詞。不身陷其中真的很像一種冷酷的超能力，但，人不該這樣，有心臟的人不該這麼抽離，心臟應該去跳動和流血，人應該感到疼痛，這樣才是生命，這樣才算活生生的人。

於是，在這四季的影集裡，其實是見證夏洛克如何成為一名真真切切的人類的過程。

第一季的第一集，一出場，他是一名能力非凡的天才偵探，他麻木不仁，不在意人類的死活，只在意事件帶給他的刺激以及從破案過程中得到的快感；他不能理解愛情，認為愛情是世界上最危險的因素；他不能理解為什麼華生會對自己看待生命的態度而感到失望。他視生命如蟻，不值得同情，他無法共感，無法同理世界上任何的情感，沒有案件的時候他抽煙、吸毒，覺得人生沉悶。

然後在影集的發展中，他遇見華生，一起共生死，他認為華生是他此生重要的人，為此他也願意為華生與華生太太許下誓言，為守住他們的幸福而開槍殺死反派。在第四季後半，他會為了自己無法回應深愛著他的莫莉而大發脾氣，他終於擁有了情感，他懂得愛情、懂得友情、懂得親情，他懂得笑與哭，他感到悲傷，他深陷其中。
真好，深陷人間是件很幸福的事。
最後一幕停留在夏洛克和華生往前奔跑的背影，你會感受到，能夠深陷其中，是件多麼幸福的事。
而往往深陷其中的我們，並不會這麼認為。這或許就是那句老生常談的話：「旁觀者清。」

我不知道清醒是否真的是件好事。
可是比起第一季那個又酷又帥的夏洛克，我卻喜歡懂得悲傷、嚐過痛苦的夏洛克。

一部BBC的紀錄片曾提到：「宇宙中只有92種自然元素，太空中、世界上、身體裡，所有構成全都依此而生。從混沌初起我們就這樣被公式決定了，所以我們都曾是彗星，也是蝴蝶。」
即宇宙一切萬物，由此而生。
我們參與其中，我想參與其中。

小時候爸爸常常說，有病要看醫生，疼痛要吃藥，吃藥會好，從小我跟爸爸一樣有偏頭痛，我們家裡什麼都可以沒有，但不能沒有止痛藥。
起初小時候吃半顆，慢慢到了國中吃一顆，然後兩顆、三顆、四顆，身體總是會適應的。你知道嗎，指甲一旦在某一個地方崩了一塊，下一次長新的指甲之後，同一個位置也會比較容易崩裂，因為身體是有記憶的。總是剪短頭髮的人，一旦想要留長，要比別人花更多的時間，因為身體有記憶，它會記得你剪短時的長度，它會更加緩慢的生長。
身體會記得，止痛藥會沒用，可是不能不吃，因為頭痛是世界上最無解的痛，讓人不能思考，也不能睡去。

可是你知道嗎，看過很多醫生，吃過很多五顏六色的藥，手抖、心悸、呼吸困難、掉髮、失憶、遲鈍，吃了很多止痛藥、鎮定劑、焦慮症、抗抑鬱、很多很多……。

You know finally I realize that there is no medicine in the world that can make you feel happy, it can only make you feel nothing. Feel nothing. Nothing.

——最後發現這個世界根本沒有一種藥會讓你變得快樂，沒有，不會有，它們只會讓你變得無感、變得死寂。

看完《梅爾羅斯》後很喪很喪，小說更喪。

And the sun shone, having no alternative, on the nothing new.

——太陽依然照常升起，一切都沒有改變。

這句台詞來自塞繆爾·貝克特的小說《莫菲》。

還有一句台詞是這樣的：

I thought I was getting better, but I'm such a fucking mess.

——我以為我好起來了，但我還是一團糟。

越過山河，
才知道人間本就難以快樂。

開始明白悲傷是生活，快樂是生活的煙火，我們所有人都在拚命地從生活裡逃離，哪怕只看一場盛夏的花火。

我無法對我的悲傷視若無睹。

好一陣子，我對著空白筆記本，手執著原子筆，寫不出半個字。

起初我以為是我的生活沒什麼色彩，所以張嘴吐不出半點星辰，因為日子太過蒼白，於是沒有記錄的必要。後來我明白那不是生活或是世界的問題，那是我自己的問題，不是生活太空了，是我本身。風呼嘯而過，我會被所有事物穿透。再後來，我覺得是我的靈魂和我開始背道而馳，走向不同的方向。

我一直以為用觀點說服別人是一件輕而易舉的事，畢竟我是寫文章的人，我擅長用文字來訴說，最近我才發現，原來說服自己竟是一件如此艱難的事。

這一年裡，我的藥盒裡換了不下十幾種藥，五顏六色、形狀不一的藥丸看起來七彩繽紛得像是遊樂園裡的霓虹燈。我跟自己說沒有關係，那些鋪滿沙石的路，我已經不是第一次走了，磨腳的鞋子、疲憊的步伐，都不要緊，明天還是會來，我還是在往前走，我還可以哭也還可以笑，即使無法搬動歲月但仍可細數日子，沒什麼大不了。可是啊，我被堵在深沉的海域，就像抽離出這個世界那樣，提起腳卻一步都走不了，失落了所有力氣那樣。

六月在渾渾噩噩中渡過。

什麼都沒有做，沒有寫文章、沒有讀書、沒有寫手帳、沒有工作、沒有出門、拒絕接觸人群、沒有觀影、沒有哭泣，每天醒來的時候已經中午過半，磨磨蹭蹭地坐在床上，可以發一個小時的呆，反應遲緩。因為病的關係，開始厭食，一天吃一餐的量還要分成兩三次來吃才能強迫自己吞下。不敢照鏡子，不敢看見自己頹廢又不堪的臉。

好不容易醒來，總要做些什麼事情，可是腦子像是燒壞那樣運轉不了，看書的時候，明明每個字都知道是什麼字，可是難以拼湊成句子，要花很長一段時間去理解，算是有點認知障礙，記憶力下降得很嚴重，看劇的時候總是忘了上一句講的是什麼以致要倒轉重看一遍才能理解，做過的事情可以馬上就忘記。研究所遠距上網課，沒辦法集中精神去聽課，每聽一課都覺得吃力。一週一次要跟教授開會報告寫劇本的進度，可是我好想跟他說，我沒辦法想東西，我的腦子壞掉了，我寫不出東西，但我不敢說出口。

晚上吃了安眠藥，反反覆覆地夢見一些殺人場景，醒來又睡去，夢常常會延續，像一篇捨不得結束的小說，也像是介於溺水和呼吸之間瀕臨崩潰邊緣的狀態，我記得以前寫《離岸》有一段寫到了溺水，其實極致的痛感是麻木，因為你的身體已經決定放棄，放棄呼吸。一身是血躺在一堆屍體裡面，儘管我不怕生和死，也不怕血和鬼，唯一的感覺是冷，驚醒過來的時候，血液變成了窗外晃動的光，手腳冰冷冰冷的，沒有溫度。可是身體在冒冷汗，人的感受原來可以如此矛盾。

天空還是沒有太陽。即使是最難受的那一天，吃了藥卻也沒能一覺睡到天亮，我分不清楚是醒著比較難受還是睡著比較難受，我常常覺得能看見自己的靈魂，但我沒辦法觸碰她，你知道的，溺水的人本身是救不了自己的。

抑鬱症有個名詞叫做情感鈍化，就是很難感受到任何情感，麻木，無情，冷血，無意義。藥的關係阻斷了我對世界一切的情感，沒想什麼難過的事，當然連快樂的事也想不起來了。記不清好多的事，從前每首我喜歡的歌都可以準確唱出歌詞，現在聽到旋律要想一陣子才能想起歌名。我試著去記起所有悸動的時刻，卻發現它們已經溶解在時間裡。一切都那麼輕而易舉，理所當然如同下雨過後被風乾的柏油路。

我總是冒出一個念頭，故障了的東西，會有修好的一天嗎。

我說我記不起上一次的我是怎麼重新活過來的，也記不得心臟跳動的感覺。室友說，我上次也以為你要死掉了，但你又很努力很堅強地好好活著。我問她，這次也會嗎。她說，會的。那一天晚上，我做了好多的夢，可是即使在夢裡，我也記不起從前的自己。

六月底要交本學期的劇本創作大綱。

寫的是電視劇的一集劇本，長度一個半小時，大概九十頁左右。每週都要線上跟老師開會，和同學討論哪裡需要改進，前前後後從查資料到下筆寫大綱花了四個月的時間。終於拖到不能再拖時，我斷斷續續地把大綱寫完了，也擬好了分場大綱，馬上可以開始寫這一集劇本了。學期結束前，老師跟我說：「你呢，不是說寫得不好，不是沒有技巧，寫的也沒有什麼毛病，文句很流暢。只是我覺得你寫得一點都不開心。」

我當時就愣住了，老師甚至沒見到我本人，只是透過電話和訊息的交流。我不知道怎麼回答，也說不出口。心裡想的是，對的我其實寫得很痛苦我腦子壞了你不知道我多用力逼自己才把大綱寫出來。

見字如見人。

那一刻我才知道，我沒辦法假裝，原來我渾身上下都散發了一層陰沉腐爛的氣息。

我在想，可能是我太冷了。

收到一封來自讀者的信。

他說他的好友逝去了，想請我為死者寫一些話來悼念他。

為了逝去的人寫一些字。

那些字是為了他們而寫的嗎，還是為了仍然在世的我們。就像是葬禮，是為了死者本身，還是活著的人們需要一個紀念和告別死者的場合。我一直沒有想通。

最後寫下了「對死去的人來說，死去的是這個世界」。

仍然說不清楚，生與死哪一個比較悲傷。
他說，沒關係，沒有什麼比你的悲傷更加重要。

我們都有各自的滾燙和冰霜。

以前我一直覺得自己是一個共感力很強的人。

我很容易為了一些外在的事物而感覺難過，同時也很容易為了外在的一些事情而感到快樂。共感力強的人大多情緒起伏都很大，可能會因為一則新聞就感到對於世界無比的絕望，也可能因為朋友的一句話就深深受創，即使對方並不知道，同樣也會因為一件小事而快樂一整天，沒有因由。看書的時候才知道這類人被稱為「高敏」人士，對一切都很敏感，恍如身上的一切感知都被放大鏡無限放大，心臟的紋路逐漸顯影，它們在感受下是如此明晰，甚至能感受到心臟勁悍的跳動。別人常常不明白我為什麼難過又為什麼而歡喜，真的能為一件事感受如此強烈嗎，乃至我都會質疑自己，太過於小題大作了。也不是所有的事都會這樣，每個人都有自己難過的原則，就在很多別人覺得不起眼的瞬間，某些人可能卻身陷在自己的風暴裡，久久走不出來。

這樣的日子過了幾年，覺得悲傷常常深陷人間。

而這樣的人間太讓人難過，偶爾是因為某個逐漸失去自由的境地，偶爾是因為無可奈何的霸權，有時是生老病死，有時候關係的斷裂，更多時候可能只是對誰說聲再見，或者一些說不出口的想念。

魯迅先生說：「人類的悲喜並不相通，我只是覺得他們吵鬧。」

身在人群卻無法與他人共鳴，喧嘩的鬧市看不出繁榮，只有道不盡的吵吵嚷嚷。原來人和人之間，擁有不同的頻率，而一個人要多努力跨越，才能聽見另一個人內心的微聲。

滾燙的悲傷內化成為了生命的軌跡。
這也是為什麼我們都不一樣，因為有些難過在你面前太樸素無華，而在我面前太張狂無度，反之亦然。

在很長一段生病的日子裡，不知道是不是因為藥物的關係，我失去了共感力。同時學習到了兩個概念「情感缺失」和「情感淡漠」，就是對於生活的感知被無限地壓縮，繼而完全反然，感知不到外界的人事物，感知不到任何情緒，看見別人笑的時候，不知道他們在笑什麼；看見別人哭的時候，因無法陷入他人的情緒之中，開始不能理解一切的情感。麻木、無情、冷血、無意義、無所謂。你開始變成了自己生活的旁觀者，你清醒地看著世界在轉動，時間在節節前進，可是你覺得那都是別人的，你無法深陷進這個覆滿悲歡的人間。
我終於擺脫了讓人難受的情緒，我少有悲傷，鮮有不快，偶爾對世界不解，但也不妨礙我繼續往前，生活沒有不便，甚至少了許多雜沓，吃飯、睡覺、閱讀、寫書，明明一樣都沒有少。我甚至不知道問題在哪裡。恍如隔岸觀火，難自戲。

全世界都在為疫情悲傷的時候，自己就像是活在真空的繭裡面。大家都說看哪部電影一定會「爆哭」，可是我真的就這樣平靜地看完，沒有感受。我想起我兩年沒回家了，我一點都不想念。即使每天面對升沉繁衰、變化無常，生與死溶進日常裡，我仍然沒有任何感覺，不悲傷、不憤怒、不反駁，我無法共感，但還好我懂得放棄。世界上任何的東西都是，只要你懂得放棄，就沒有事物能夠傷害到自己。

我常常問自己，活生生的人類會這樣子嗎？

一瞬間我明白到人原來真的可以失去很多東西，即使失去的東西不怎麼好，像是悲傷、痛苦、難過、心碎，可是當真的失去了痛苦的那一刻，還是會覺得不知所措，看見生命中那些深深淺淺的感受逐漸流失，就像是被燒光的房子，連殘垣都被風緩緩吹散了。不記得生命裡有過房子。心裡面那麼寬敞的空地再也沒有房間了，明明空得什麼都裝得下，可是再也沒有東西可以裝了。怎麼會這樣呢，人怎麼能這樣呢。

我不明白喜怒哀樂從何而來。

我不明白我的母親為什麼總是看著我默默流淚。

我不明白為什麼大家都害怕死亡，害怕談及那些死去的人事物。

我不明白人們為什麼在網路上總是那麼憤怒，喜歡說些難聽的話攻擊別人，讓自己討厭的事物為什麼還要花時間呢。

我不明白人為什麼要計較雞毛蒜皮的事情，是因為這樣看起來比較在乎嗎。既然在乎，那為什麼會覺得在乎的一方比較吃虧呢。

我不明白人對於自己家鄉或國家的奉獻之心，那些視死如歸的歸屬感怎麼滋生，是與生俱來的嗎。

我不明白為什麼人總是覺得自己有能力為一些事情打分數，好看的作品，不好看的作品，好吃的食物，不好吃的食物，好棒的行為，好差的個性，覺得自己真的有掌握一件事的好壞的資格嗎。

我不明白為什麼有些父母總是不能想到自己愛孩子的方式不對，想到愛也有可能造成傷害呢。

我不明白人為什麼會改變，相愛了想分手，分手了想戀愛，以為的天長地久最後只是曾經擁有。失去的時候寧願不曾擁有。沒有的時候卻不怕失去。但我也不明白人為什麼不會改變，為什麼總是在同樣的地方跌倒一次兩次三次四次，為什麼不能學著往前走。

前陣子讀天文學的時候，讀到地球人建立了一個叫做SETI的項目，英文詳寫是Search for Extra-Terrestrial Intelligence，即「搜尋地球外文明項目」，向太空投擲漂流瓶，試著尋找外太空的智慧文明，書上寫說投向宇宙的訊息可能要兩萬多年才能抵達終點，至今仍是靜默無聲，那麼漫長的等待，那麼絕望的工程，人為什麼既絕望的同時，又不會放棄呢。

我不明白愛，不明白原諒，不明白義無反顧。我不明白偉大和庸俗的定義，我不明白奉獻也不明白自私，我不明白正義也不明白犯罪，世間那麼多問題，一定找得到解答嗎。

我不明白你的悲傷。

即使你是哭得多麼痛不欲生，我仍然不明白你的悲傷。

昨天與好友M見面，交換一下最近的狀況，聽她說了關於她生活的困境。我卻不知道從何講起我的問題，實質上我也沒有任何問題。我沒有悲傷可以跟她交換，我說我的生命只是空蕩蕩，只有虛妄。

她跟說我：「不是什麼都沒有的，沒有感覺也是一種感覺。」

沒有情緒也許是情緒本身。
只是悲傷的溫度不一樣，只是我們都有自己的冰霜。
你不必對於一切的悲傷感同身受，你不必喜歡大家熱愛的一切。你不必熱烈，不必相信他人所相信的事情。你不必一定要擁有滾燙的心臟，你不必乾淨無髒，不必心懷熱望。
可以沒有，可以什麼都沒有。

讓我想起之前讀卡繆的《異鄉人》寫到他是他生命的局外人，書中的第一句：「今天，媽媽死了。也許是昨天，我不知道。」他為母親守靈時，只感到天氣太熱了，有點口渴。人可以如此無情嗎？故事中後他殺人了，他走出房間的時候只覺得陽光熾烈。
當然，沒有人需要理解他的無情和冷酷，一如沒有人理所當然接受你一切的傷心。

書中有一句話：「一切特立獨行的人格都意謂著強大。」哪怕是像書中的主角般不對世人的悲傷感到悲傷，不為世人的罪疚感到罪疚，但他的存在依然是強大而獨立的。

很喜歡卡繆啊，即使那麼質疑世界，可是當他在書中列出他心愛的十個詞：世界、痛苦、大地、母親、人類、冷漠、榮譽、苦難、夏日、大海。為此我也列出現階段的自己最心愛的十個詞：世界、溫柔、浪漫、夜晚、月亮、殘夏、宇宙、死亡、創造、自由。

第一個心愛的總是世界。我也是。即使我離世界那麼遠，可是我也愛世界。

悲歡難有相似。

可是我懂，我們都有各自的滾燙和冰霜。

沒有人需要理解他人的無情和冷酷，
一如沒有人理所當然接受你一切的傷心。

一篇拍攝日記。

二〇二〇年底因為研究所必修科目中有一門課叫「短片拍攝」，不得不從只在室內敲敲鍵盤寫字的人，轉換成導演的身分。

從九月學期開始後，我就一直抱怨著「為什麼一個讀編劇的學生要去拍片呢」、「不是所有人都想成為導演」等等非常厭世的話，但最終因為是作業的關係，逼使我親手去拍攝屬於自己的短片，自己寫的故事。

觀看總是容易的，創作則是愁苦的。

我的短片作業長度大概只要十五分鐘左右，內容題材不限（如懸疑、愛情、青春等），拍攝手法不限（如紀錄片、劇情片、藝術片等），最主要是讓研究生們知道拍攝的過程，以及從文字到影像的轉換中如何更能體現故事內容等，因為劇本實質上是紙上談兵的事，它本質不能稱做一個「作品」，我們老師說它更像一個半成品，編劇寫的劇本需要靠導演的拍攝、演員的演技，以及後期的操作來完成，實在不是一個人獨自完成的功夫。

有時候故事書寫起來很宏偉，實際拍攝起來難度太大，難以掌握，但是在房間中敲敲鍵盤的編劇本人不知道，無法置身處地思考文字影像化的過程，因而有了這門必修課。

這兩年我也拍過一些Vlog，自學一些剪輯技巧，其餘的時候，更多是一個觀看者的身分，如果不做身分的轉換，我們是不能理解創作者的困難。

最先是寫劇本，書寫是屬於我個人比較擅長的部分，自然沒有太大的困境。

最大的困難是自己的「不願意」，一直拖沓著「不想做」的心態，於是想法遲遲不落，一路從九月到十一月，我連短片的故事大綱都沒寫好。十五分鐘的故事並不長，一個場景一分鐘的話，大概只要寫十五場就好，加上並不是那麼專業的作品，湊湊合合一個下午就能寫完，可是我寫了兩個月，竟是一紙無字。

作為一名完美主義者，一生都被「完美」這個詞綁架，總是在構思些什麼的時候，因為一點點的不滿而打掉所有想法重新來過，所以兩個月了，我仍然一籌莫展。因為沒法展開，「不想做」的想法不斷地加深，總是絆住自己的腳步。

開始下筆的契機，竟是來自一位同是在北電念研究所的臺灣同學吉米，他知道我並沒有回北京上課，傳了訊息來問我短片進展一切順利嗎？我收到訊息的瞬間，彷彿是天上照下的一道光。因為我既不懂拍攝技巧，也無拍攝經驗，可以說是我除了書寫，沒有任何可以完成這部短片的能力。吉米是攝影系的，是位專業的攝影師。

我說到了我的難處，他說他可以幫忙。

出門靠朋友，即是這個意思。於是我的劇組，從一個人，變成了兩個人。

有一天，吉米說他剛好要到臺北拍攝，結束之後可以約時間談談短片的內容，因為這個臨時的約定，我把自己一些零碎的想法整理好，帶著「想法們」深夜在一家快餐店吃著薯條，聊著關於這部短片的初始想法。

他問我有什想拍的。

我說我想拍一名憂鬱症患者的日常。

可是我知道這樣的短片並不有趣，因為我深知生病的日常並不是像電影或電視劇那樣，充滿著意想不到的情節，跌宕起伏，楚楚動人。我說不是的，生病的時候根本就不是這樣，最真實的日常是躺在床上一整天，流淚一整天，什麼事都沒有發生，而這樣的日常，不會有人想看，它不有趣、不奇特、不吸引，我不知道這樣的日常，是否適合被拍攝成短片，因為它沒有情節，沒有進展。相反地，如果過分誇大短片的戲劇性，那麼生病的細節就會失真，它會不夠真實，甚至可能會污名化憂鬱症這個病。

一定是有些什麼想表達的，才會想要創作的，我說。

想了很久，我到底想要表達些什麼。

是為了應付這一門必修的科目嗎？是想要有趣地嘗試導演初體驗嗎？是想要在我的研究生過程中增加不同的色彩嗎？還是有些更深沉的東西想要給他人看呢？

答案是上面的每一個想法，我都想做。我既想它順利拿到不錯的分數，也想它能為我訴說些什麼，更想在我自己的人生歷程中成為一次特別的經歷。我還不知道以後有沒有機會當導演拍片，也不知道將來的自己會否嘗試做一些與影視相關的工作，我還沒能力想到那麼遙遠的事情，我就只想在二〇二〇年這個階段裡，留存一些吉光片羽。

最後調動了我前兩本書寫過的，關於莫妮的故事，第一個故事是來自《想把餘生的溫柔都給你》的第二十八篇莫妮與蘇尋的愛情故事，第二個故事是來自《你的少年念想》中第九篇莫妮在患上憂鬱症前的成長經歷。拍攝的劇本內容是這兩篇故事的番外篇，莫妮在工作後的憂鬱症日常。

寫劇本只花了一個晚上，然後迎來了跟吉米的第二次見面。第二次見面的時候，他聯繫了曾經與他共事的製片尚螢，於是這個劇組從兩個人，變成了三個人。

到後來搭上朋友的朋友、朋友的朋友的朋友、僅僅只是在網絡上認識的網友等等，這個劇組變成了一個十幾個人的小型劇組。

從劇本開始，到攝影指導（兼燈光）吉米，到製片尚螢，到錄音師、錄音助理、攝影助理等等，一件一件事的加入，在短短兩週內，我們定好了所有工作人員跟拍攝的檔期。

最終我決定了自己來飾演莫妮這個角色。一是預算以及時間的限制，沒辦法找到合自己心意的演員。二是我想我最能理解莫妮的心，因為她的一部分存在著我的投影。或許換過來說，是我的一部分斑駁著她的身影。我不需要特地去背誦她的台詞，也不需要特地去摸索她的潰決，關於莫妮的細枝末節，我是最懂她的人，因為是我創造了她，如今她要從紙張的虛擬世界蛻出，成為一個活生生的角色。

二〇二〇年的最後十五天裡，我要完成這部研究所短片作業為期三天的拍攝，同時我還在處理《想把餘生的溫柔都給你》十二萬冊的出版，將要辦一場簽書會，將要與指導教授討論開題報告的事，寫完這些後，我的今年結束了。心中做了十二萬分的掙扎，不知道莫妮的故事自己能不能順利地演繹出來。拍攝前的一週，我仍然花了很大的努力，為此丟失了睡眠，看著天穹緩緩地發亮，發現自己對於徒勞無功的事情仍然無能為力。

這是莫妮的感覺嗎。我常常在想。

我曾經祈願自己有一天能寫出莫妮快樂的故事，但是從書寫莫妮的那天起已經快五年了，我依然無法做到，故事裡的莫妮依然千瘡百孔。

而我依然空洞洞的。

起初的短片，叫做《雙生》，故事裡的莫妮常常能見到已經死去的「姐姐」，「姐姐」成為了憂鬱的表象，觀眾既可以覺得姐姐是一個人，也可以覺得姐姐是如影隨形的悲傷。

後來想了一想，最終把題目改成了《鯨落》。悲傷不是如影隨形的，影子和本體總是存在著些許距離。可悲傷是會腐蝕萬物的，悲傷會讓一個人持續墜落。

鯨落的意思是，當龐大的鯨魚死去，牠的屍體沉入海床，數千萬種海洋生物會仰賴此為生，鯨魚的掉落豢養著萬物。雖然很悲傷，但有一句很美的話叫做，一鯨落，萬物生。

終究還是一個讓人心碎的故事，需要掉落，也需要死亡。

身兼三職並不容易，自編、自導、自演，看起來很酷炫，但是這些身分常常會互相打架。像是當演員身分的時候，我就不想要再演第二次，可是演完後去攝影機看畫面的時候，就會想要再拍一次，心裡明明知道有些地方有問題，但是大腦並非全能，在這些跳換身分中，我往往只能選取最輕鬆的那個身分。捨難取易，大概是人的通病。

創作確實很不容易，短短三天的拍攝期在腦海裡經歷過數十萬次「放棄」的想法，最終在夥伴們的陪伴下，完成了整個非常繁複但獨一無二的拍攝過程。

想寫一切的不容易。我好像從未在書裡寫過創作的不容易。

我們往往只能看見別人很不容易後的成果，卻看不見那些很不容易的過程。忘了是從哪裡看到的一個比喻，說我們常常望著隔壁的人覺得他總是能打到魚，每一次出海都收獲豐盛，然後我們會羨慕那個人為何總是能擁有很多收成，可是我們會忘了問自己，你有網嗎？其實在那些看不見的日日夜夜裡，那個人在岸邊花了無數的時間才能編織出堅固的魚網，可是我們不會看見他織網的時候，我們看見的是，那個人豐收時笑得燦爛的樣子。

反觀我自己，也常常如此。

對文學作品也是，對影視作品也是，談不上有多了解，也談不上有多專業，很多時候僅僅只是自己喜不喜歡，卻輕易地說那個作品是好是壞，但實質上作品的好壞真的能由「我」來判斷嗎。我常常問自己，我真的有資格說一部片是好片還是爛片，一本書是好書還是爛書嗎，我覺得我不能。充其量，我只能決定這個作品在我世界裡的重量，是我的喜歡和不喜歡使它在我的世界觀中重一點或輕一點，僅此而已。

拍攝的過程，我一直在反省從前的自己。

一個場景，它可能只出現十秒鐘，但在這十秒裡，單純是一個開門的場景，要拍多少次呢？從背後拍一個角度，從正面拍一個角度，從側面拍一個角度；有時候拍一個第一人稱的角度，還需要特寫鏡頭；後面經過的人也要嚴格控管，如非主角的人穿了亮色的衣服則會搶走主角的光環；如果現場環境有雜音還要多拍幾次；衣角有沒有摺到，頭髮有沒有凌亂，僅僅只是一個開門的鏡頭，要顧及的事情就那麼多了，還未包括演員的台詞、演技，以及環境的燈光和後期的製作。為此我在想，那些曾經被我二倍速觀看的影片背後，也包含著如此多的心思，那些我曾經輕易去評判過的人事物背後，有那麼多我看不見的辛酸。
——完成一件事本身，就已經是非常了不起的事。

《鯨落》在最冷的時候完成了。
殺青是在十二月底的夜晚十點多，那天拍片太忙碌了，沒吃沒喝。最後累到坐車回家躺在床上。
是一年的最後了，最後的最後，完成今年最後一件大事，完成本身即偉大，而完成的瞬間大多不喧嘩，無聲無息卻熱淚盈眶。

還是很多瑕疵，不盡圓滿。
但我那天笑著說，那就當作今年最後一個遺憾。
——今年的遺憾，要在今年遺忘。

一篇《想把餘生的溫柔都給你》十二萬冊紀念版後記。

想到了目前為止寫過的四本書。它們陪我走過很多個春夏秋冬。

我常常能看見它們帶給我的成就，可是往往沒能展現過織網的日日夜夜。這些時光未曾被書寫，它們仍在岑壑，不被看見。跟很多創作者一樣，風凄是自己的，作品是大家的。

準備拍片的過程中，我正準備《想把餘生的溫柔都給你》十二萬冊紀念版的出版。

十二萬本，該怎麼去數算呢。雖然很多時候它更像是一些數字，以及零零碎碎的文字而已，可是它是我的生命，也是我自己本身。

開始寫《想把餘生的溫柔都給你》時我在韓國，整個冬天都處於愛情的分分合合之中，那時我二十二歲，對於人生仍是一頭霧水。覺得冬天實在不是書寫的好日子，一直拖拖拉拉把稿件拖到了年底才寫，因為交稿的時限已至，我在十五天內寫了十五篇文章，其中與室友一同遊玩了大邱和釜山。一邊旅行的日子中，每天的行程是吃吃韓料、看看風景，然後回到民宿繼續創作，我常常寫到凌晨三四點，室友早早就入睡了，房間裡只留著一盞燈，那年冬天太冷了，在電腦前打字的雙手常常過於冰涼。當然旅行並未盡興，因為我的心思都在寫書上，後來再也沒去過大邱和釜山，那竟然是我對它們最後的印象。

年底最後一天前交完稿件的一半，剩下的十五篇已是兩個多月後的事情，我寄住在男朋友的家裡，與他的家人於冬日時露營，晚上安靜得毫無聲響，天空一顆星星都沒有，風過林梢，世界都睡著了，我安靜地在蚊子陪伴下完成了剩下的稿件。

大多都是夜，很多很多的夜晚，不勝枚舉，我幾乎未曾在白日中寫過書，如本書第一篇那樣，我深陷於夜晚的泥濘中，脫離不了夜晚和月亮的羈縻。副作用是很多夜晚都還是睡不好，醒來的時候錯失了大部分的陽光，精神靡散時頭常常會疼，吃了很多的止痛藥。可是我仍然快樂。痛並非快樂的反義詞，有些時候真的可以既痛又快樂。像去愛人一樣。

有時候我覺得這些文字在腐蝕我。書裡的絕大部分故事，都來自於我的生活和我的過往，所見、所遇和所想，除了創作以外，我很少在散文或隨筆中寫一些虛構的事。這些文字是我的傷口，又同樣是我的出口。

像月亮那樣。它既是夜晚的傷口，也是夜晚的出口。

我記得它出版時，剛被印刷出來的重量，一本書原來可以那麼沉重，是二十二歲的我，無法承受的瘀青，是一些碎瓦頹垣，也是對生命的飢渴。我記得第一次被人說這本書是爛書時的心情。記得那天晚上我沒開燈，就這樣躲在被窩裡，被黑洞侵蝕，我好像哭了，仍然不諳世事，哽咽著說他們都算什麼。我也記得我的心臟是這麼長出厚厚的繭的。

每個角色都有他的責任和重量，即使這個責任並不快樂。

我不能只要它的好，不要它的壞。我也要學習去愛這些文字背後帶給我的東西，即使是危害。

你既愛其榮，就必承其重。

無論繁衰，都必須是我要去承受的。

如今這些都恍如隔世。

寫《想把餘生的溫柔都給你》的我已經離現在的我很遠很遠了，準備十二萬冊紀念版的時候，重新檢視了自己以前的文字，實在是不堪入目，但它們也是那時的我的某一面。所以最後決定了，即使是保留不堪，也想要保留真摯，從前的文章沒有作任何的更新，繼而新增了一些現在的文字。

我沒能力稱它們為好的文字，我只覺得它們好真實，是經歷了一些跌宕後殘存的破碎，是一些沒人發現的吶喊，是矯情，是不知人間煙火，是肉眼看不見的星塵。這些文字其實對世界上那麼那麼多的人都毫無意義。可是它們好真實，真真切切的，是我自己，如同月球表面那些坑洞那樣，扭扭巴巴的，我自己。

我並不能為這些文字感到驕傲，我不能說這些文字值得大家的喜歡，只是在得知這本書成為了世界裡數不勝數的書裡頭，存在著十二萬本，我就會覺得那些書寫它時煎熬且滯緩的夜晚，都多了那麼一點點光亮。

於是十二萬紀念冊改版，我向出版社提出了一個瘋狂的想法。我希望把每一本書都包裝成禮物。在有限的禮物書中，每一本都是獨一無二的禮物，包裝紙上的印章、貼紙、日期，都是獨特的，可一不可再的。這個企劃驚動了出版社的上上下下，數量是一千五百本，整個公司以及我身邊的朋友、室友都成為了包書小幫手，大家一起熬過一個又一個夜，成就出來了禮物書。

做這些其實沒有太大的意義，不做也行，不做會更輕鬆，做了也就只有一千五百個人會收到。可是《想把餘生的溫柔都給你》對我來說是份禮物，我希望它也能成為誰的禮物、誰的情書、誰的停駐。

預購順利結束之後，禮物書成為了永遠的期間限定，初版時的白色封面也成為了回憶的一部分，包括我人生的每一個瞬間也是。它們永遠被封存，等著被記起。可是人生總是在回顧的時候才會覺得甘甜，如今的《想把餘生的溫柔都給你》已經成為了我的禮物，它不那麼苦，不那麼不堪入目。我的生活仍然一團糟。

不斷不斷地在我覺得稍微好一點的時候，就會有新的坑洞，我又會再一次跌落，再一次扶不起自己，我的生活總是停在夜晚，總是很多藥丸。可是那些夜晚又成了新的養分，用我意想不到的方式，倒流回我的生命之中。

我記得二〇一八年五月《想把餘生的溫柔都給你》開賣那天凌晨我在東京，看著賣書的實況一路看到凌晨四五點，也記得第一次把《想把餘生的溫柔都給你》拿到手裡的感覺，記得簽書會上一個又一個迎面走來閃閃發光的讀者，記得他們用螢光標籤把書貼得滿滿，記得他們說真的很感動，記得在我面前哭的讀者們，記得我曾經回應給他們熱烈而緊固的擁抱，我記得《想把餘生的溫柔都給你》第一次登上書店排行榜第一位時的難以置信，我記得《想把餘生的溫柔都給你》四十四刷後十二萬冊封面出來的那天，記得大家收到禮物書的每一封來信，我記得那些我瘋狂包裝禮物書的夜晚，記得辦簽書會時見到讀者時的悸動，我記得這些全部。

它們或早或晚或永遠，成為生命中的一閃光。

我希望生活是禮物，無論路途多麼擁堵。

擁有很多明天也是一種浪漫吧。

我一直覺得自己是個沒有明天的人。

這個沒有明天的意思，不是像電影裡的那些世界末日，或者悲劇中的身患絕症，馬上就面臨生命的終結的那種沒有明天。

準確一點說的話，就是對於明天沒有盼望。

沒有想吃的東西，沒有想買的東西，沒有想完成的目標，沒有想去的地方，沒有想要做的事情。沒有「想要」對我來說太致命了，讓我覺得明天沒有絲毫的色彩，而活得沒有色彩，是件很可怕的事。爸爸常常跟我說要知足常樂，我不知道知足是不是能常樂，停在原地果然比去更遠的地方好嗎，安逸在豐盛的花園裡是不是人生的最好狀態。

當然，我同時也覺得擁有這樣想法的自己，過於強說愁，所以我常常認為是我自己太矯情了，也可能是太無情了。

畢竟擁有得多，就好像連悲傷的資格都沒有。所以我常常無從說起我的不滿，我的人生沒有不滿，好的壞的我都能接受，吃過的苦不夠多到成為人生悲劇，一句「知足吧」便讓我無從反駁。可是你知道嗎，我最大的缺口不在於那些碎裂的，而是在於，我沒有嚮往。

而無論是太多情、太深情、太矯情、太無情，都是讓人心碎的事。任何事物前面，只要加上「太」一字，就顯得過於靡碎。

你什麼都不缺，你被人喜愛，被人關注，你有說話權，你有作夢的空間，你有健全的手腳，你實現許多人都想實現的夢想，你有遠走的機會，你有高飛的能力，你擁有好多。

所以我常常感覺自己不配說出不快樂的話，即使我從不否認上述所有的東西很大部分是我很努力很努力才能達成的。

你得到的東西是用你失去的東西換來的。

很久很久前，在《與自己和好如初》的後記寫過一段這樣的文字：「如果白天和黑夜能夠和平存在，如果雨天和晴天可以共同擁有天空，如果水和火可以互相容納，如果光和影可以同時出現，如果飛翔和墜落可以只差一瞬間，那有什麼是不可以的。又有什麼是不能夠同時存在的。就像是我如此地恨你，卻如此地愛著你。這種感覺極其矛盾可是又極為合理。那麼，快樂的反面是什麼呢。是痛苦嗎。可是痛苦的人不一定不快樂。就像是寫作那樣。一點一滴在那些可以毀滅人心的悲傷和訴說不盡的情感藉由文字剖開自己。一定很痛苦的，硬生生將自己的傷口暴露在書的角落裡。可是我卻樂意做那樣的事。

於是很久以前我決定了用這種方式，快樂並痛苦著。就像是我們每個人，同時擁有溫柔和銳利，同時可以快樂與悲傷，沒關係，其實這就是這個世界本來的模樣，生與死、悲與喜、笑與淚，而我，只是其中一個我。」

白天和黑夜，熱烈和冰冷，圓和缺，記和忘，走與停，取與捨，愛與憾，這個世界是由這些相對的事物所組成的，沒有例外，光和影就是得到與失去，生存和死亡本身也許就是一件事。

世間萬物皆有代價，沒有什麼東西能夠獨自美麗存在，因為沒有相對的事物就難以解釋一件事物的本質。

——所得即所失。

所以不必羨慕，在你看不見的地方，每個人都有相對應的責任和代價。包括愛，包括快樂，包括每個面向的你自己。

在失去的眾多事物之中，最讓我遺憾的是，感知。

我逐漸見證自己成為一個越來越麻木的人，即使我失去記憶、失去愛人的能力、失去信仰、失去熱愛、失去快樂、失去睡眠，這些我都覺得沒有關係，活著在於體驗些什麼吧，或許失去本身也是一種經歷，可是我忍不住問自己，那失去能夠體驗什麼的感覺，還有什麼意義呢。

意義意義，我總是在找意義。

可是有了意義，又如何，我是誰，我在哪裡，真的有那麼重要嗎。

什麼東西重要，重要是什麼，如果皆可失去，那麼，這一切於我而言還重要嗎？

長大的每個瞬間，都在失去。

失去悲傷、失去疼痛、失去同情、失去溫度、失去期盼。

到底什麼才是重要的呢？

到底我無法失去的是什麼呢？

在得到的眾多事物之中，我最感謝的是世界的好意。

雖然一直以來收到的惡意都不少，但跟那些黑暗的東西比起來，我得到的好意和溫柔真的太多了，多到常常問自己，你真的有資格承受這麼多的好意嗎？被那麼多人愛著真的可以嗎？真的可以一直這樣下去嗎？

這除了給我帶來無比多的壓力外，更多地是給我帶來一些動力，李泰勒你要記得，你要為了配得上那些好意，而一直努力著。

為世界增添一點好意和溫柔是一直以來給自己的目標，而我將為此目標一直一直奮鬥著，直到某一天我的生命結束。

——所失即所得。

最後就是，我二十六歲了。

在我父母的眼中，我仍然是他們幼稚的寶貝女兒；在我表妹的眼中，我是遙遠海岸的燈塔；在我室友的眼中，我是日常生活的同行者；在許多讀者的眼中，我是幾本書的著作者；對一些網路的另一端，我是懂得生活、熱愛生活的姐姐；在宇宙的眼中，我是每晚都在熬夜的同類；我們總是擁有很多的身分和位置，我既是不朽、也是泰勒、也是明慧，而長大的某一層意義就是，學會為自己所有的身分而負責。

又一年的生日過了，日子多一天和少一天其實並不會帶來多大的轉變，但是仍然每次都不免俗地許願。

想要熱愛明日，想要熱愛很多很多明天。

只有學會熱愛明天，才能夠去熱愛任何事。

20210523

月亮是夜晚唯一的光芒

輯四

四季更迭

lunarian

九月未涼。

盛夏殘留的喧鬧還沒來得及蒸發，就揣著時間堆砌成歲月。九月是另一種起始點，啟動著曾經遙遠和未知的海浪。日光慢慢溶進更深的夜裡，我只想跟月亮許願把遲到的秋天和快樂都歸還給你。

我好想要往前走。

一直覺得九月好像一個未命名的開幕式。自小到大，從孩子成為大人的過程中，九月都至關重要，它代表著開學，代表著夏日的結束，代表著暑假的終結，永遠伴隨著對於「新的」的不安和局促感，這麼說，一年的終結好像不是十二月，而是九月初。

大學畢業之後，這個初始的關隘沒有那麼顯眼了。我不再「開學」了，就是如常地繼續工作，該寫書時寫書，該上班就上班，和其他的十一個月分一樣。日子難辨朝夕，生活的礪石開始淡化，皺褶自然不再明顯，好像一個月前和一個月後的差別並不大，季節也不鮮明，難以勾勒出細紋。

九月的研究所課業開始前，這種局促的不安感又再度襲來，像是被生活追趕似的，我竟覺得愉快多於不適。有了要抵達的地方，邁出腳步變得沒那麼困難了。許一些遙遠的願，對未來予以一些鋥亮的祝福。

二〇一九年九月北京不涼，夏天還沒有往前走，那時候的半夜，聽完演唱會，我和表妹騎著腳踏車，穿梭過大街小巷，一邊騎車唱歌，一邊分享快樂，晚風吹過髮梢，肆意吵鬧和歡笑，我想那就是自由。後來明白，自由一直都是自己給自己的。

但自由也有代價，你要隨時準備好墜落，因為自由的人，沒有什麼東西能抓緊，你只能學會自己抓緊自己。

因為疫情的關係，所有事情都停輟了。

對於異鄉人來說最難的就是停滯，停在原地或者去遠方都不囿於己。八月底的時候，總是要決定新一年的去向。讀研的中途，疫情全球爆發，所有明天都變得含糊和不確定。而後的一年也是，空洞又黏稠，緩慢且模棱兩可的答案讓人焦灼。

待過很多地方才知道，回跟去可能是同一件事。我不想回去，可是不回去的話我不知道自己可以去哪，我不知道藥吃完了要怎麼辦，不知道研究所的學期如何繼續，不知道疫情什麼時候到盡頭，不知道寄放在異鄉的行李要如何打包，不知道我還能寫些什麼，不知道明天準確來說是什麼意思，不知道為什麼一個人在那麼大的地方居然難有一處容身之所，不知道鏡子面前的自己算是個什麼東西。

很想要往前，但是往前到底是往哪裡走。

盛夏沒來得及做的事，遲來的秋天裡可以實現嗎。我在想，不去做一個擁有那麼多東西的人，拋下那些所謂記憶或牽掛就算是往前走了對嗎。即使不知道要去哪裡，但離開原地就叫做往前走了，對吧。

十月漫漶。

秋天的湖泊，萬物猶黃，街衢散落的橘葉如風過落日。我想，秋天應該是月亮的季節，月亮有時就像潮汐，自也有它的悲喜。日暮與月夜是人間的溫柔，讓你一次又一次在枯萎的花期裡重生。

夏天結束了，我不再聽盛夏時手機裡總是單曲循環的那幾首歌了，有什麼好像跟著夏天一起走了，就在下過一場大雨後，夏天像是落地的殘雨，一點一點揮發了。我說不清是什麼，就像我總是說不清我哪裡變了，但我確實徹徹底底地變了個樣。

季節從來不像時間般準確，沒有哪一個季節有鮮明的節點，不像時間的刻度那樣，到整點了，就會重生或逝去。它的來去總是殘忍無聲。

九月的日昇日落徐疾地來回。大地發亮的時候，我很少注意到一天的過去，從很難辨別清楚黑和白之間的色差變化，從暗黑到昏灰，然後是灰色，暗灰、銀色、亮灰色、庚斯博羅灰、白煙色。灰色是很曖昧的顏色，還有一種灰叫做瑪瑙灰，也有一種灰叫做窗灰，好像就是所有灰都不甚純粹。日本有一種灰叫做「鈍」，我覺得它很像十月，就是一種不明不白，很笨拙又混沌的狀態。當日子形成習慣之後，你會發現時光和歲月原來可以那麼模糊。

十月了，我依然無法總結前九個月的自己。

開始寫新的文章，其中一篇寫到關於前男友，花了一點時間去尋找關於他的痕跡。甚少跟別人訴說心事，傷心時只會做三件事，第一是躲起來，以為逃避些什麼就能逃出傷心，以為消失就等於放棄。第二是跟室友訴說，室友會替我抱不平，難過的時候都覺得是世界的錯。第三是發訊息給表妹，表妹是個很冷靜的人，她會告訴我，是我在無理取鬧。

以上三件事，一是逃離，二是感性，三是理性，生活好像就在這三件事中，不斷地躊躇徘徊和搖擺不定。

當初分手後，一氣之下把所有關於前男友的一切都刪除了，電子產品唯一的好處就是太聽話，說不要了就真的幫你格式化全部。手機裡沒有任何一絲關於前男友的東西，我只能從與表妹的對話裡尋找。

打開與表妹的對話視窗，才發現對話記錄是會自動清除的，那些很久以前的照片上都寫著「已過期」三個字。我一直以為世上只有食物會過期，原來不是，世界上所有事情都會過期。

我也真是個狠心的人，竟然連一點蛛絲馬跡都沒有。我想這個人在我的生命裡已經過期了，對嗎。所以除了記憶，我沒法留住任何一切。可記憶有時真的很狡猾，我已經想不起來了，是二〇一七年的時候嗎，還是二〇一八年呢，我是怎麼樣跟你糾纏至分開，我們是怎麼對彼此張開獠牙，怎麼互相傷害，崩毀的情感是怎麼分裂出數之不盡的細紋的呢？

我只記得，他曾是一個溫暖的人，而我也是。

及時止損好像不屬於理性，也不屬於感性，它應該屬於第一項，逃離和放棄。在變得更加醜陋之前，收回所有諾言。破碎的瞬間就已經面目全非了，我不想以那樣的形式記住他。於是一併把所有鈍重的回憶全都打包，歸在「已過期」一類。

過後的我自然沒花心思想念他或是怨恨他，藥物的副作用讓我變成很淺薄的人，我記不起很多心碎的瞬間，想起的，就是那一天他說分開，我說好。允許自己成為別人的過去。

拼拼湊湊從碎片裡找出一些可用的回憶，最後把它們寫進書裡，寫完了，他就真的變成了過去，那個被稱為「我們」的我和他，就真的過期了。

十月也將過期。留住太多過期的東西，是會跟著一起腐爛的。臺北的秋不明顯，我想起在韓國看過的楓葉和在北京看過的銀杏，極目望去，一整條長街都滿佈赤紅或鬱金，它們都是殂落的果葉。

總是太習慣佇候，不知時日將至。

秋天有秋天的浪漫，是殘葉被風捲起發出沙沙的聲音，是迫不及待撲進誰溫暖的懷裡，是糖炒栗子，是滿地銀杏，是秋風入窗簾。可是啊，那浪漫的街末沒有人在等待，這算不算一種遺憾。

有人說我太冷了。我想，並不是每個人都要熾熱如太陽，如果不行，我就只當自己的月亮。

月亮如潮汐，也有它的悲喜。月亮會冷，但月亮也真啊。

十一月塵濁。

返航的帆船，投遞給過去的思念娓娓道來。秋天的甜和鹹都讓那些所謂「明天」的日子更生動一點，我們在遠燈將要熄滅前，追趕著時間，紀念所有須與和從前。

只是我們都不夠純粹。

比起序言，寫書的時候最喜歡的就是寫後記，我覺得後記更像是投信於海而迴盪的音信。比起「我為什麼要開始書寫這本書」，我更喜歡「謝謝你把書看完」之類的蔓詞，雖然都算是多餘的話，可每件事的結束都看起來特別悲壯，總是讓人想要留下一些輪廓鮮明的浮光，告訴自己，你看看，這些過往從此就成為你影子的一部分了。

寫後記的時候，心口時常酸溜溜的，我分辨不出是不捨還是感謝佔的部分比較多，但我知道這種感覺只有在寫後記的時候才會有。

完成些什麼，才能感受到的滿足，這種滿足甚至不極致，裡面摻雜了太多其他的情緒，瑣碎的、苦悶的、忐忑的，一切並不明朗。像是有一句英文的短語：Butterflies in my stomach，說的是很多蝴蝶在我的胃裡飛舞，跟七上八下的意思差不多，身體裡的每隻蝴蝶都能碰撞出不同的悸動。

月亮映在水面上，被波漣剪斷那樣，浮動著也顫抖著。

酸酸的。既是終於可以舒出那一口喘了好一陣子的氣，也因為涼涼的空氣突如其來吸進肺部而造成短暫的咳嗽。很滿足，也不安，同時又有不捨，心累卻也伴隨著欣慰。然後是漫長的寧靜，空落落的心臟被填滿後逐漸流失。

因為做好了所以喜悅，因為做得不夠好所以不甘，像是十一月的涼，總是帶著太多人間的情味，並不純粹。

一件事的結束，就代表著一個階段的我完結了。

無論過程多麼痛苦或快樂，它都將過去，流走些什麼或留下些什麼，就在於你怎麼寫這個階段的自己的後記。

生活並不複雜，複雜的是我自己。

上網課的時候偶爾會偷懶，打開了會議的畫面然後不自覺倒頭睡了過去，睡醒之後，線上會議室裡只剩下我一個人，課程已結束，我又錯過了一些本不該錯過的事。指導教授每隔一兩個禮拜就會發訊息來詢問我有沒有想到新的故事和劇本，有沒有構思畢業論文和作品，每當這個時候，我都會非常心虛地寫一大段文字去解釋我的生活以及我那少之又少的故事靈感。我常常想問老師，不複雜的生活可以寫出複雜的故事嗎？他大概也只會跟我說，寫吧，你要寫了才知道。寫，不斷地寫。那有可能會有寫完的一天嗎？我又在準備我的新書，我的生活就在這樣昏微的日子中度過，靜默的湖面上連漣漪都鮮見，一字一句皆像是無風起浪。

這樣的平凡日子其實很純粹，我想我應該覺得開心，可是傷心總是比開心容易的。

不純粹的一切都是來自於我自己，不是生活，不是人間，不是世界，是我不夠極致。

有時候我想善良，但我又不夠善良，做了很多自以為對別人好的事，可是又在某一個憤怒的瞬間，陰暗的想法醞釀成瘤，我成為我想要的善良的反面。

有時候我想要自私，但我自私得毫不徹底，我想把世界驅逐出我的意志，好像我能把自己放在第零順位，但人無法與世界割裂，我無法消失在群體中。

這樣的我，不夠好也不夠壞，不夠淑秀也不夠拙劣，不夠溫柔也不夠尖銳，甚至還會在回收自己的碎片時被鋒利的一角劃傷。有時是不夠聰明，但反之我也不夠愚蠢，我無法漠視所有的無知。不夠熱烈也不夠冷冽，無法不計利害一股勁往前衝，也無法殘酷地一走了之。

總是患得患失，時好時壞，不高不低，瞻前顧後，才會覺得如此痛苦和迷茫。

多想成為一個純粹的人，只選一種就好，那我就可以毫不抱歉地浪跡天涯了。

然而，我總是好混濁。

一生都在矛盾，一生都在放棄。

十二月遺痕。

歲晚的夜，是淨空的弦月，是迴旋的跫音。

一切的未滿，都似乎是一場遺憾，也像是散落在時光的足印，即使斷簡殘篇，卻也書寫著星星點點，這些過往縛成的燈，叫我們去嚮往下一個春。

天氣一下子變冷了，雙手在冷空氣中總是暖不起來，我想是我連溫暖自己的能力也沒有。十一月時把後記寫完，每一次寫文章的過程，都像是把過去的自己仔細翻閱，從中找出一些深深淺淺、或悲或喜的碎片，這些碎片有時候像是時光的紀念，會亮出閃閃發光的星流，可有些碎片又像是歲月裡傷痕的沉澱，每一次拾起都讓人淚流滿面。

像有快樂的時光一樣，悲傷的時間也必不可少。像有風光旖旎的日子那樣，黑暗幽谷的日子也會來臨。我漸漸明白了這些相對應的事物存在的必要，然後懂得，接受它們，再去熱愛它們。

只要你喜歡那一段時光，那麼，它就充滿意義。

約翰．藍儂說過：「如果你很享受你浪費的時間，就不是浪費。」

我享受快樂的時光，它們是我往後日子的陽光，每次我覺得世界滂沱大雨時，那些曾經的美好會從過去照亮現在的我。

我同時也喜歡悲傷的時光，它們是我生命中不可或缺的養分，我在跌碰中生長，在迷茫中難忘，在遺憾裡學會遺忘，然後未來的日子，縱使稍有裂縫但卻不乏孤勇。

致今年所有的遺憾。

對大多數人來說，今年太難過了，可能是病毒的擴散，可能是政治的混亂，可能是某些人的逝去，抑或者，在眾多的理由中失去了自由，失去了溫柔，失去了所有努力的源頭。

我不能把時光都簡化成「美好」這兩個字，說好呢當然不好，一點也不好，轉變成為貶義詞，消息都是壞消息，我們都是被困在繭中的人。

可是回顧下來，發現自己完成的東西不只一點點。

不擅長表達對自己的稱讚，所以我只好記錄下那些我今年的達成，告訴自己，你看看，你也努力奔跑了好久。今年的自己逐漸有了鮮明的樣子，即使這個自己的模樣有時候也會渾濁，也會茫昧不明。

要數算今年度的遺憾，太多了，多到我可能要花一本書的篇幅去寫。可是一年最後，倒數的時間裡，我才想到，啊，即使那麼困難，還是活過了，跨過了山谷淵林，度過了荒落沙洲，我以為不會來臨的明天，一天一天地到來，連著快樂或傷心，一同地襲來捲去。

你還不怎麼滿意吧？我也是。我還沒做到我想要的事，沒去到想去的地方，還沒成為嚮往的人，都還沒做到，所以我還要往前。

往更多的未知去，往更多的明天去。

在一年過去的同時，也把遺憾清算。

今年的遺憾要在今年遺忘。

明年，一如既往地奔往。

一月不歸。

月半寒雪，是隱晦的生命伏案在虛無裡，成為孤懸的繭，是寒梅雪的掉落，濕透舊時光的約，是逝去的年，也是找不回的念，是告別，也是趕赴下一個遇見。

今天大寒，去年的今天我剛從北海道回來，還不知道，未來的變與不變，那時我想，既然最冷的天氣裡也有美好的風景，不如每年都去看雪吧。低伏的雪山，白皚的雪地，空中浮著白煙氣。

可惜今年沒有雪，只有濕冷的臺北滴答滴答下著雨，冰冷的手塞進口袋裡依然暖和不起來。

還是討厭冬天啊，討厭冗厚的衣服，討厭漸長的夜晚，討厭縮成一團在角落瑟瑟發抖的日子，討厭一年的結束與開始，討厭時間的滋長，討厭未來沒有人在等自己。

到了要整理的月分。

一整個月都在斷捨離。把及腰的長髮一把剪掉了。記起上一次剪短髮是大二的時候，需要一個明確的舉動來告訴自己一切歸零，重新開始。那時我以為那個人會一直愛我，可是他卻已不經意地離我越來越遠，那時的我將要去遠方，把拽著我無法動彈的人和情，都要割捨，都要剪掉。然後我就把長髮一下子剪了。很久很久的一段時間裡，我再沒留長髮。

大學畢業時，下定決心要把頭髮重新留長。前前後後花了兩年多的時間，我的一把漆黑的頭髮見證了我長大的過程（心態上），我學會為自己負責，我學會收好自己傷心的尾巴。

剪短之前，我猶豫了很久。

我一直不是一個常常猶豫的人，深思和猶豫並不是同一件事情。我不喜歡原地踏步，但我喜歡自己踏出去的每一步都鏗鏘有力，不帶遲疑。因為藥物副作用以及食慾低靡的關係，頭髮沒有營養，常常掉頭髮。我起初並沒有注意到，後來我阿姨（她是髮型師）幫我整理頭髮的時候，跟我說：「你以前真的好多頭髮。」我討厭一切關於過去的詞，像是曾經、那時候、從前，我想跟所有人說，我很早就已經不是從前的那個樣子了，而我永遠都回不去。

一開始我覺得沒關係，髮量很多所以掉一點也無所謂。頭髮長得很慢也沒關係，可能我的體質就是如此。後來慢慢發現那可能是熬夜的原因，聽說凌晨十二點是頭髮生長的時間，要好好睡著、好好吃飯，頭髮會好好生長的。可是沒辦法啊，我沒辦法好好睡覺。沒關係，沒關係，我一直跟自己說。

可是身體會告訴你，你有關係。你吃好多的藥，藥會殘留在你的身體裡，那不是體質的問題。你一點都不健康，你不出門、不曬陽光，你吃沒營養的東西，你身上的黑狗在慢慢地吸乾你。你在枯萎，你在漸漸死去，以一個醜陋的方式。當你每抓一次頭髮，大把大把的頭髮從你的手中掉落，你終於發現頭髮就像時間那樣不斷滋長又不斷死亡，你正在死亡。

剪完的那天，我問室友，你覺得我還有機會看見自己長髮的樣子嗎？

她說，留給明天吧。

是的，明天很長，那些現在做不到的，就留給明天的自己去做，而今天，就學會跟那該死的從前說再見吧。

一下子好像多了很多關於明天的期許，等待很多個季節後長髮歸來，在那之前，你就得好好活著。

學會割捨，也是一種豐盛的獲得。

知道自己失去了什麼才成為現在的自己，也要知道這些失去同時成就現在的自己。所以我覺得沒關係，反正我們都永遠失去著也永遠前進著。

鬱金香開了。

有時候你以為最冷的地方總是蕭瑟，可是最冷的時候也能長出花來。

二月峭冷。

太陽從海的盡頭緩緩爬升，是黎明晨起的一縷光溫。遠方敲起零星的鐘聲，東風解寒，晨明解暗，是說來日方長，不必掛念沿途的黑暗。

新的記憶覆蓋舊的記憶，我也就慢慢地不再掛念你。人真的是複雜的東西，有時候偏偏就是不肯忘記，又有時候再也無法記起。

前陣子寫到一句好難受的話，如果硬要說有什麼遺憾的，大抵是從沒被什麼人堅定地放在第一位吧。

很多人會喜歡你，但沒有人只喜歡你。

你也是。

我們好像再也不會只為一件事而停留了。

北海道沒有想像中那麼冷。

和朋友約好，在下大雪的那一天，我們一起躺在雪地上。雪泥鴻爪，旅途中間一直沒有下雪，還好我習慣了失望，不如預期的旅程已經無法讓我傷心。到了離開的那一天，北海道終於下了大雪，我們把行李寄放在車站的置物櫃後，漫步到北海道大學。

我們緩緩走進一片白裡，寸步難行，為了拍出好看的照片，必須走到人跡罕至的地方。我穿著帆布鞋，寒雪早已滲進鞋裡，如履薄冰，每走一步都能感受到雙腳漸漸失去知覺。

躺雪的那一刻，我們決定用慢鏡頭記錄下來。從整個人往後躺，從臀部、肩膀、頭部，到整個身體平躺在雪地上，前後不超過一秒的時間，然後慢慢感受到冰冷從四面八方透進身體，冷得那麼鮮明。

我們重看一次慢動作，看到自己往後躺時恐懼疼痛的微表情，也看到最後深陷進雪地裡時著陸的安心。

也許是先做好了最壞的打算，所以之後所發生的事情，對我來說也不過是虛驚一場。

就像我並沒有想像中的那麼不堪。

最後一路步行回車站，途中從投幣飲料機買了一瓶熱飲。握在手心裡，感受到前所未有的溫暖，灼熱得幾乎要燙傷我。

那一刻，我前所未有地想要成為一位溫暖的人。

想要長出滾燙的心臟。

新的記憶總是會慢慢取代舊的記憶。

從前我一點也不喜歡冬天。我常常覺得冷的感覺跟悲傷的感覺很像，我們花很多努力把自己包起來，就像在冬天，穿了很多衣服還是會覺得寒冷那樣。冷和悲傷太像了，太像的事物之間難以互相抵消，沒有負負得正的道理。可是，今年我對冬天有了新的記憶，這記憶將會取代從前關於冬天的所有虛瞑。

如今我也可以重新定義那些不美好的事物。寒霜、悲傷、失望、迷茫、遺忘、死亡。它們穿插在人間的縫隙中，然後成為了人間重要的一部分。

如今我想起冬天，我會想起，我在那樣寒冷的日子裡，想要當個溫暖的人。

三月春見。

雨水發酵，嫩櫻生花。夜晚悄悄地溶解，潮水既是離去也是歸來，在歲月裡落下一顆名為期待的種子，即使是肆意生長，也要勇往。

月初時寫本月的待辦事項，其中一樣很重要的事是要去看櫻花，然而三月雨水瘋長，遇不見晴天，想起想像中的櫻盛，便記起了二〇一九年在大阪看到的生櫻。

那是不期而遇的風景，並不是為了看櫻花才去大阪，卻意想不到原來櫻世滿盛是那麼的美。大阪的每一條街道都有櫻花，三月的風悄悄拂過，可以看見開滿櫻花的枝椏在頭頂上微微顫著，每走一步，都像走在花園裡。最美的風景，總是在最不期然之時出現。

這個月的一場演講裡談到關於長大的回憶，我說我認為不只是現在和未來重要，過去也同樣重要，我希望每一個時光裡的自己，都能坦然地打開自己過往的故事書，翻閱自己人生的故事。如果我做到了，那麼一切就都有意義。生活總是充滿了數不盡的變數，我以為我能去看櫻花，可是三月已過了，我仍然沒辦法實現曾經的期望，可是啊，無法實現，並不代表期望就不值得存在了。

未知是未來最大的魅力。

在那麼多的變數裡，我擁有那麼多的期望和失望，我在未知裡收獲和跌宕，這可能是我人生的故事書中最神秘和最美麗的地方。

今年是我成為自由職業者的第四年。

長大的過程中，擁有越來越多的身分，而隨著新的身分降臨，舊的身分也會結束，比如學生的身分、誰的好友的身分、誰的戀人的身分，有些身分是有時限的。步履不停，難有角色常伴前行。

在成為作家後，我從大學畢業，真正意義上的走進這個社會之中，泯跡人潮之中，特別是自己在外生活，有了個人收入，沒有了家人的嘮叨，也沒有學校的限制，更加沒有職場的規範，人生可以算得上自由了。

你永遠不要忘記你是一個自由的人。

你不被任何事物綁架。

你可以做任何的事，只要你能付出相對應的代價和責任。

沒有什麼是非做不可，也沒有什麼是理所當然。

考上研究所後，重新回到了學生的身分。

有人問我，為什麼想要繼續當學生？是工作需求嗎？還是新的人生規劃？成為自由職業者和作家不能使你對生活滿足嗎？繼續當學生獲得了什麼？

雖說當時只是靈光一現決定考研，多多少少受到神的眷顧（和自己的努力）而考上了，但在收到這個問題後，我認真想了很久，成為學生對我的生命來說有何意義。

我一直不覺得學生這個身分是輕鬆的。準確來說，這個世界沒有任何一個角色是輕而易舉，即使是成為誰的兒子或女兒，即使是被愛的那一方，即使是無法選擇的身分。每個角色都有自己的壓力和顧慮。尤其是學生，面對數不盡的考試和學校裡的同儕，面對大量無法拒絕的知識和學科，面對家長和師長的期待，面對未來的方向，並不輕鬆。成為學生也好，步入社會職場也好，都很辛苦。

之所以重回校園，第一是希望自己一直處於學習的狀態。步入社會後，就會發現，學的東西越來越少，接觸的事物也越來越少，很容易把自己侷限在某一處，這也是所謂的「舒適圈」。

第二是我發現自己當學生時很快樂，即使辛苦，仍然快樂。永遠有人告訴你要做什麼，你知道你要高考、你要學測，你有很多很多考試，有必修和選修，有多少學分需要去讀，你永遠知道明天有很多事情等著你去做。在讀研的時候，經常在研究生與自由職業者中間轉換身分，一邊是創作，一邊是學習（編劇也是創作），兩者都讓我很吃力，沒有哪一方是輕鬆的，一切都不容易。可是在我是研究生的身分時，我沒有那麼迷茫。因為我知道什麼時候要交報告和論文、什麼時候和老師開會、什麼時候要交劇本，這些都有期限，並且可以犯錯，可以擁有許多冠冕堂皇的理由說自己不想做也不想讀，可以掙扎，可以迷失，不要緊，學校會抓住你，老師會規範你，一年四季皆有時表，按部就班。

然而進入社會後，你將永遠不會從「社會」這個群體畢業，你將永遠置身人群之中。你再也沒有藉口說你不想寫作業了，因為你需要糊口，需要賺錢，柴米油鹽，樣樣都需要精打細算。不會有人在背後推著你往前走，你像生長在曠野的小草，任風吹雨打，自開自落。生活重若千鈞，而你將步步為營，負重前行。你不做的事會有人去做，你不賺的錢會有人去賺，你不去的地方會有千萬人抵達。生活沒有盡頭，沒有期末考也沒有報告的截止時間，只有日復一日的前行，不會再有人教你怎麼去活了，也不會有人允許你肆無忌憚地犯錯。

重獲學生的身分才知道，自由像失重一樣，飄浮在空中，有時分不清飛翔和墜落的差別。

你要為你選擇的一切負責。一切。

選擇了避開喧囂，你就要接受生活無人光顧。你選擇了頹喪，就要接受生活毫無活力。你選擇拚命奔跑，就要接受自己有一天累倒。你選擇了離開，就要接受別人的遺忘。你選擇了付出，就要接受對方的拒絕。我們都在自己的生活裡水深火熱，縱使很多結果是無能為力的，但我自己知道，最初都是經由自己有意無意的千千萬萬個選擇。

自由和自律是相對的。

以前常常覺得自由是做什麼都可以，但實際上自由不是為所欲為，而是擁有選擇，並有能力為自己的選擇付出代價。其實我們每走一步、每個選擇、每句話都在向自己相信和嚮往的方向邁進，而我們終將一輩子要為這些我們做出的決定而負責任。

時時刻刻提醒自己不要成為一個信馬由韁的人。

四月晝起。

春草茂盛，季節若即若離，花期從不漫長，有花在盛長，也有花在凋敗，來了又走，有時候你以為是黃昏，那不過是日出和一切的開始。

四月的大事也是上半年的大事，研究所的開題答辯。拖延症並沒有因此改善，最後在答辯前十天才真正著手開始寫劇本大綱，花了整整十個日日夜夜，從無到有地創作了一個懸疑故事的劇本大綱，加上論文大綱、人物小傳和前三集詳細的劇情，總共兩萬多字，一鼓作氣地在短時間內寫完。

其實上了北電後除了第一個學期，後來我都想放棄。於我而言，去考研和讀研並不是我人生的必需。我即使讀研也不會過得更好，不會賺得更多錢，不會成為更加偉大的人，最多是人生多了那麼一點點自我滿足和成就感。可是碰壁的時候，委屈感總是大於滿足感，因為人們總是習慣把難受放得很大很大，以致輕易推翻以前所完成的一切。

很多事情，即使是放棄，即使是半途而廢，我的人生並沒有任何缺失，幾乎所有事都是這樣，做與不做，人生並沒有太大的不同。結果最後支撐自己繼續下去的力量，是「我想」。

於是我花了極短的時間擬好了我的畢業劇本《零和遊戲》的故事大綱。給它寫了兩個關鍵字，一個是智商，一個是正義，探討一些可能永遠都不會有答案的事情，比如什麼是好人啊，為了好事而做壞事的人能稱為好人嗎，聰明是不是永遠都是件好事，如果所有人都變得聰明那什麼才叫做聰明呢，等等之類絆住自己的問題，想了很多，沒有答案。

可是沒有答案還是想寫，想去創造一些有意思的故事，想寫一些有感情的文字，想做些有趣的事，很多事情深究下去並沒有多大的意義，但是我想，想去做，就是不放棄的力量。

想起我短暫在校的研究生生活。

剛進研究所的那週，精神非常緊張，不僅是因為到了陌生的環境，更是因為我不清楚研究所會遇上什麼樣的人，會發生什麼樣的事。大學讀中文系時，在那之前除了自己喜歡觀影之外，沒有任何創作的經驗，我沒有這方面的創作知識或者有作品的累積，我並不是在充滿藝術的環境下成長，我對於影視相關行業簡直一頭霧水，不過是憑藉一腔孤勇和熱望就前往。電影學院，聽起來未免過於專業，像我這樣的門外漢，我不知道自己有沒有能力融入其中。未知讓人好奇，未知也讓人躊躇。

常常忍不住想，我現在才開始做一件事，是不是太遲了，讀完研究所可能就快要三十了，我已經是一名作家了，非要再跨領域去學習新的事物嗎？我有這個能力重新學習，重新投入未知的一切嗎？

當然，電影學院的研究所裡滿滿都是非常有經驗的「老手」，他們可能在大學就是讀影視相關的科系，甚至有一些人已經是編劇、導演、攝影師，然而在這個喧騰的大世界中，從不乏「新人」。研究所中，有的同學已經讀完碩士了，想挑戰自己去學習新的事物；有的同學根本是完全不同方向的人，卻在人生的中途大轉彎；甚至是研究所的老師，也有非藝術科系出身，而是物理出身的。

令我印象最深的，是和我同門的一位同學，她是有個孩子已兩歲大的母親，她曾經擔任過新聞報的主編，在英國留過學，學的科系是新聞媒體相關的。她在結婚生子之後，利用在家陪伴孩子的時間考研，一邊學習一邊照顧孩子，她利用自己對於家庭的經驗，寫了一些家庭倫理的劇本。她說不僅是孩子的生命重要，她自己的生命也同樣重要。我能想像得到她的兒子在成長的過程中，看見自己的母親也在努力熱愛自己的人生，他一定也會熱愛自己的人生，像母親一樣。

所有人都有重新來過的機會，只是在於，自己想與不想。

我很佩服她，因為機會常有，卻不是所有人都有重新來過的勇氣。

收到老師傳來的訊息，說我的開題答辯順利通過了。懸空的心有了著陸之地，一瞬間如釋重負，感到一股前所未有的感動，熱淚盈眶。

室友說好久沒見你這麼努力了。讓我快樂了一整天。

很喜歡努力這個詞，比優秀、天才、卓越這些褒義詞都要喜歡。

近年來在網路上有這樣的討論，如果有一天有人形容你是一個努力的人，那不是一句稱讚，而是一句誇無可誇的陳述。因為你沒有足夠優秀、沒有足夠發光、也沒有足夠美好，所以別人都用「努力」來描述你，變相有一種陳腐的濫詞。

可是我不這麼認為。

也許優秀、閃亮、美好這些詞語都像是人間蜜糖，讓人總是忍不住渴望，好像比任何一切都要高出一籌，但，其實這些特質還是最離不開樸實的努力。

是啊，也許大多的努力都不被看見，但跋山涉海、山高水遠的過程，就已經值得快樂。

馬上要投入新的創作之中，也許我已經不知不覺把自己消耗乾淨。

覺得創作越來越吃力了，是我失去色彩了嗎，我想不是的，大概是我在很用力地做這件事吧，只有努力的人才會覺得吃力，因為放棄最終的意思其實是放棄努力，而放棄努力就是什麼都沒有了。

好事多磨，不可能每件事都乘風破浪。自己的失望就用努力來償還。還有一些不夠美好的部分，就慢慢地用努力填滿。努力真好。

五月輕煙。

既是暗夜的消亡，也是白日的冗長。日子被撕裂出細紋，裡頭有疼痛與失望，但也有浮光流淌。既是長嘆短吁，又是不落言筌。聽雨落，聞風起，從來都是涉路而往，一直在路上。

上一本書出版時正是去年五月，我過得一點都不踏實。對於出版的焦灼讓好一些夜晚都睡得不太安穩，更多的也許是對自己的期許，對自己的盼望和失望，都讓我卻步，讓我覺得明天太長了，長到無論我怎麼抵達，我都找不到遠方。

然後是經歷了漫長的雨季，雨下了好久，久到心臟的某些部分開始發霉，開始生鏽，那些曾經開花的地方再也長不出任何一點生機，我才意識到，從前的五月，不曾像是這個五月一樣，平靜、毫無起伏、死寂。

今年的五月，毫無預想的疫情大爆發，居家變成了常態。起初是全城（全球）恐慌，死亡和病毒變得觸手可及，再也不是紙上談兵的事。漸漸感到悲憤，不解為什麼人類要受這樣的天災人禍，不瞭自己明天的去向，慌張不知所措。然後是傷感，每天都下意識去檢查關於疫情的消息，看見感染和死亡的人數有增無減，每則新聞都像是遺囑，悲慟如磐石依附在胸口無法抒解，就這樣看見自己對於世界的希望慢慢像火柴燒盡般逐漸熄滅，步向滅亡的腳步是如此煎熬。再來是習慣，不再驚訝今日的確診人數，不再訝異世界哪處正在封城，你發現明天還會再來，生活還得繼續，而自己好像慢慢忘記了旅行和出走的感覺，大海和星辰、日出和黃昏、月光和霧靄都像是古老的音符。終於明白人真的可以越來越麻木，看著死亡數字增加，你再也不覺得有多大痛苦。終於對生活讓步，再讓步，沒有風塵僕僕，沒有燈火萬家，只有重溫不盡的忙碌和獨處。

一切如煙，難以如初。

大家的日子都被撕裂得四分五裂，這些裂痕裡往往藏著許多對於生命本身的困惑以及不解，我們對於世上的期望和失望，其實大部分都未必真實，而往往只如煙飄逝，難以掌握。

前一陣子在採訪中被問到這樣的問題，對心之安定的想法。

想了很久還是只想到兩個詞，接受和原諒，這是人一輩子的課題，並不容易。消極一點想的話就是無可奈何，所以接受。換個角度去想，接受並不等於放棄。很多時候，只有當我們意識到了問題在哪裡，接受了問題的存在，而不是否定問題的存在，只糾結在問題發生的原因。既然「發生」已成為既定事實，無論接受與否，並不會改變自己所在的處境。然而，接受是改變的第一步，只有接受了事情糟糕的原貌，才能做出符合自己嚮往的轉變。有時是現實，有時是實現，而哪一個放在前面，取決於自己。

我們大半生都在努力得到別人的喜歡。

小時候是幼稚園、小學裡的小夥伴、玩伴，讀書時是身邊的同儕和朋友或社團裡的隊友，整個求學過程是學校和老師，出社會後是同事、工作夥伴、老闆，我們的一生即使在面對父母的期望和喜歡，同時也要承受別人的視線與看法。成為文字工作者後更甚，要面對的不再是身邊認識的人，更是無數雙自己看不見的眼睛。

這個世界是個龐大的遊戲場域，最大的規則是，討喜。

設計一件衣服要討喜才有人會買；老師的教學要討喜，學生家長才會認可；新聞要討喜大家才會去閱讀；一首歌要討好才有人聽、有人下載；長得討喜才有人喜歡；就連寫書也是這樣的，要討喜才能賣，要討喜才可以被人看見。無數的藝術和藝術品，需要被人看見和關注，才能得到延續下去的機會。

不由自主地會有很多卻步。

曾經不明瞭世界的惡意，因為四面八方傳來的聲音和其他人的見解而卻步，就此畫地為牢，因為眾多聲音的迴異而站在原地。可是世界本來就充滿迴異。因為想法不同而卻步的自己，同樣也無法寬心地接受來自世界的異聲，因為無法接受，所以總是想把自己鎖死在一個胡同裡。

你要接受，你永遠無法被所有人喜歡。

我認為的接受，不是被迫接受現實唯一的樣子，而是主動接受世界不同的模樣。允許落差，也允許異同。如果這麼去想的話，接受就不再是一件消極負面的事情了。同樣的一件事，我們帶著不同的目光去看，能看到兩個截然不同的世界。當然我明白，這是一種理想狀態，要達到兼容所有聲音，幾乎是不可能的事。

只是我願意先成為這樣的人。

前一陣子看書的時候，看到一個很有意思的詞語，喜惡同因。

同樣一件事情，比如說一個受歡迎的人，有一些人會因為這個人受歡迎而喜歡這個人；同樣地，也會有一些人因為這個人太受歡迎，而討厭他。這個詞語的意思是，喜歡和討厭可以出自同一件事情，而導致天懸地隔的兩個世界，或者兩種價值觀。

情感，有人覺得是愛，是付出，是深情。也同樣有人覺得那是負擔，是打擾，是不必要的關心。

自由，有人覺得是流浪，是廣闊，是星辰大海。可是，你也必須承認，有人覺得那是孤獨，是沒有回聲的喃喃細語，是匪朝伊夕的空洞。同樣地，長大，有人覺得那是老去，有人覺得那是人生的積累和成長。

說回接受這件事情，起初我是消極的。接受沒有人會像自己想像中的愛自己，接受世界不會如同自己想像中的對待自己，接受自己很渺小，單憑自己的力量是難以抵抗這個頑固而巨大的世界。因為沒有誰應允過你什麼，我們都不過是塵埃。嚴格來說，我們除了是自己，什麼都不是。

可是我想到了，接受也可以是積極的。認知到自己的無知和無能，才能發揮自己的所知和所能。

這是最近的我，很想要努力學會的一件事。

「誠覺世事盡可原諒。」

有時候覺得自己太過庸俗了，人間的甜酸苦辣，我一件也不差。雖然「苦中作樂」仍然是苦，但是苦有苦的味道，我雖不愛苦澀，但我知道苦澀有苦澀的好。

生活滿滿都是長嘆短吁，我極少聽到有人講到生活二字，會滿佈歡快和期待，不會有刻意的修辭和華麗的詞藻，那些我們對於生活的感慨，往往都真實，不侷限於表面的事物。

我記得有一次，我為了一句難聽的評論而難過了一整天，表妹和我說了一句這樣的話：「如果事與願違，就是上天另有安排。」

一切都在路上，都仍在路上。

六月荒流。

愁山悶海，倦鳥無力歸棲，無枝可依。逢落雨季，心懷丘壑卻難平。往日不得折返，來日觸不可及，唯有想起不諳的今日時，有了剎那間的失語，如芒在背。

我好像掉落在沒人找得到的縫隙裡。

會有這樣的時候，睡醒看著天空明亮起來，覺得面前好多巨大的石壁，好多聳立的圍牆，你被堵在沒人找到的位置，你無法往前走了，也無法往後退，出走或歸來皆一點意義都沒有。你知道沒人來救你了，你只能自己爬出去，你知道，都清楚知道的，可是。

可是。

可是。轉折的詞彙後再也接不住任何字句，一切的決心不過泛泛之談。

寫日本電影史的論文，基於課業的需求去看了《東京物語》，甚少觀看日本的經典電影，內容也並非自己喜歡的劇情片，但是在一百多分鐘裡，我卻安安靜靜地把電影看完。整部電影沒有一絲重大的矛盾和爭執，更多的是生活化的場景。講述一對老夫婦到東京探望兒女，但兒女們都忙於生活，無暇照顧父母，家庭的關係就在迫不得已和碌碌營營的生活中漸漸疏離。故事的結局是老母親重病，兒女們匆匆趕回鄉下見母親最後一面，辦完葬禮後，大家各奔東西，回到自己忙碌的日常之中，老父親一個人守在家裡，度過餘生。

「一個人生活，日子變得好漫長。」他最後說。

電影結束了，一樣的家景，一樣的日子，有些故事卻已經悄然終結，但是生活沒有，生活還在繼續，一直繼續。

每一段悲傷的故事並非一定需要有壞人才能成立，恰恰是每個人的生活不同，每個人的理由不同，每個人看待事物的方式不同，才能存在著期待的偏差，才會無可奈何地形成悲傷的故事。並沒有所謂的「反派」存在，只有惡劣的情況存在。看到了電影的最後，印象最深的是老夫婦已逝去的兒子的妻子紀子和未成家的小女兒京子的對話。

京子：「他們太自私了。」

紀子：「他們也不是存心不良要這樣的，大家只是以自己的生活為重。」

京子：「是嗎？但我絕對不會讓自己變成這樣……」

紀子：「可是每個人，到最後還是會漸漸地變成那樣。」

京子：「姐姐你也會嗎？」

紀子：「是的，雖然我不想，但果然還是會變成那樣。」
京子：「生活太讓人失望了。」
紀子：「是的呢，不如人意的事太多了。」

是的呢，是呢，生活太讓人失望了。
生活是不會停下來的，無論你是不是掉進縫隙裡，無論你被困在哪個悲傷的洞口，無論過去的你生活有多不勝其苦，生活都不會為你停下來的。
我們還得往前，我們只能往前。

是的呢。

從學生時期開始，一直都不喜歡六月，不明所以。
我猜想可能是因為期末考的關係，一個學期快要結束了，總要交出這段時間裡的成長證明，簡而言之，就是檢視自己的時候。如果成果過於瘠薄，那這陣子的努力就如同石沉大海。

日語中把六月稱為水無月，以為是水中無月，但實際上是水之月的意思。沒學過日文但是覺得好浪漫。月球的引力讓河水上漲，所以農田都得到了水的灌溉。潮漲了，水中月就豐盈了。

每天都會撕下一張月相日曆，六月三十日的月曆上寫的是夏越之祓，特地去查了它的意思。原來在這一天剛好是一年的一半，京都會在這天辦一個叫做夏越祓的祭典，祈求下半年無病無災，祭奠自己上半年所犯下的罪過和過錯。

六月一整個我都凝滯在原地，所以不忍心打開去看六月的日子。

人類絕大部分的難過都來自不甘於現狀，卻又無能為力去改變。停滯其實並不可怕，最怕的是習慣，習慣這個毫不前進的自己。

可是現在六月已逝，在心裡面就當作是度過了夏越祓，就在此告別所有不幸和不足，原諒上半年的自己，希望七月能蔓生，重新滋長。

七月長鳴。

夜短心長，盼望在夏季裡流連忘返，日曬風起，塵埃飛揚，放任自己投入進山海與原野中，沉溺在時間的洪流上，寬恕所有逝去的謊和赤裸的傷。

七月一到，我就想起妳。

半夜十二點一過，拿起手機想要發給妳「生日快樂」的訊息，發現妳早就不在我的好友名單裡，我不知道如何尋著妳，只能默默地放下手機，想著這樣的夜晚，妳應該會在妳愛人的懷裡，快樂地過著生日。

祝妳生日快樂。

我在心裡默讀著，我想，不是每個祝福都要送至對方的手裡，我也可以在遠方，不動聲息地想念妳，不必讓任何人知道。

反正每個人的生命裡都一定會有些人，消失在生活裡，卻從未消失在生命裡。

我懂，這不是我們誰的錯。

祝妳生日快樂。

妳過得好嗎？我好像無法再收到妳的回答。

我只是想說，我過得挺好，希望妳也是。我不知道怎麼去解釋我們的漸行漸遠，世界轉變得太快，一變成萬變，每個選擇都造成相對應的遺憾，這好像是自然而然、無可避免的事情。

有時我覺得只是最初的一時疏冷，有時我認為是距離的遞增，有時可能只是少了一點認真，可是以上的任何一個理由，都無法說明分離，我們的友情有太多雜碎的物質，就像我們不是因為一個原因而親近一樣，我們也不是因為一個原因而離別。

變好和變差都已經不再處於同一個頻率上。

我成為我，妳成為妳。而我們，成為遺憾。

祝妳生日快樂。

我好像沒辦法祈求妳一直快樂，我覺得人很難持續地長久快樂，但我許願妳的內心一直有愛，心懷宇宙，雖有暗傷和遺憾，但不乏遼遠的草原，不乏低迴的新生。

希望所有的背道而馳，只是為了成就妳與更好的事物殊途同歸。

我的七月在夏季的狂風暴雨中流走了。

想起去年的七月，我和室友去了綠島。看見遠方就覺得自己不能停下來，遠方好遠，我必須要現在就啟程出發。

那裡只有海和未盡繁榮的陸地，三天的旅程中，陽光在頭頂乾烈地照曬著，我們騎著機車，穿著涼爽的吊帶小背心，能感受到燥熱的陽光在身上進行光合作用的過程。

綠島比想像中的還要小，騎車環島大概只需要45分鐘，中間我們看見海岸就會停下來，也未及去查那片海叫什麼名字，也罷，不是所有美好的瞬間都需要姓名，很多事情是無以名狀也無語凝噎，要再加上一個詞的話，便是無所附麗吧。

停下來看海，海都一樣，也都不一樣。

灼日灑在海面，不緩不急地推送著海浪，可以看見陽光折射出不同亮度的光，錯錯綜綜，沒有盡頭，七月好像就被悶進了這樣的海風裡。

夏季很長也很短，雖然有時覺得大海覆滿悲歡，但更多是一種溶解的美，就在這樣的海浪裡送走一次又一次的傷心。

沒事的噢，你看那邊，大海沒有盡頭，你寄出的傷心，會像時間那樣，不再回來。

今年的七月在狹窄的家中度過，沒有海，也沒有日曬。在靜悄悄的夜裡，無聲無息地完成了第五本書。以前我總是覺得我是為了某些夢想而寫的，可是原來不是，我只是想寫而已，它並不為什麼。

重新回顧二〇一七年的文字，那時我也說想去遠方，如今呢，妳已經抵達遠方了嗎，那裡如妳所想那樣，能抵消在奔赴的路上妳所失的一切嗎，遠方美嗎，妳累嗎，後悔嗎，還是一切已經無所謂了呢。抑或是妳仍未抵達，妳還在路上，這個遠方只是念想，妳永遠有更遠的遠方想去呢。

同時有幾項工作在手中進行著，除了寫書、看書、觀月、觀影之外，也還有一些商業的合作，然後緊接著就要開始忙研究所的事情，我想忙是好事，不去深究每件事的因由，是件好事。不是每件事都有「為什麼」，也不是每件事都有「之所以」，所以放棄去思考沒有答案的問題，是對人生的寬容。

我一直覺得，人會囿於原地，是因為有一直跨不過的丘，也許是執念，是身上揹負著太多沉重的行囊，以致每走一步都艱難，難的不是去遠方，難的是說再見。

原來我只是不捨得和那個時候的自己說再見。不是你，不是誓言，不是任何事物，是那個時候的自己。我知道沒有把我留在原地，是我自己。

這裡不是荒原和曠野，沒有地方是荒野，無論何時何地，荒原都在心裡。

希望你的心臟不是一望無際的荒原。

希望你的心臟是等待綻放的星辰和玫瑰。

希望你相信，一切只是「還未來」，而不是「已不在」。

祝好，夏日愉快。

八月末極。

海風吹覆深淺的海岸，翻湧著波上的熠熠海光，是被蟲鳴打翻的濕熱，悶住了整個悠揚的青春。四季匆忙裡，只有被濺濕的盛夏是日光灑落了盼望的蜜糖，告訴你要日日常安。

今年的八月。

空白，曠野，荒涼，死寂，孤懸，洞穴。

八月其實過得很快，比七月更甚，一切都蒸發在發瘋的熱氣中。在真空的日子裡，時間的維度跟想像中的都不一樣，我失重落入了荒蕪裡，在那裡，我只能慢慢地找回自己，一塊一塊碎裂的玻璃，一刻一刻重新收拾好那些破碎。

夏天的雨下得比任何時候都要兇猛，像是想要洗淨些什麼似的。但是這樣的大雨卻不著痕跡。雨停的時候，下雨的痕跡快速地被悶暑吞噬。我一直以為雨是會一直下的，其實並不是，雨不會一直下，但總是會有下雨的時候。換句話說，可能不會有人一直愛你，但總會有人愛你的。

這是生活給的疼，也是生活給的燈。

我想，只要有燈就不必那麼在意所有的疼了吧。

其實我的生活一點都不忙碌，不是那種每天有很多事情要做的那種忙碌，而是做的每一件事情都需要思考和靈感，比起身體上的累，更多的是腦子很累。每接受一些新資訊的時候都必須加以思考，很少有可以放空的時候，這也讓一切似乎變得沉重，再也不能心無旁騖地閱讀、觀影、滑手機，日常所有的一切都要想，再想，不斷想，歌詞為什麼這麼寫，這個字押的是什麼韻尾，這一幕為什麼要結束在這裡，這句台詞力道夠不夠，作者想帶出什麼，這個商品的設計為什麼會受人喜歡，一切，生活的一切都充滿了創造，無論是別人的創造還是你自己的創造。我們看到的所有人事物，一張美麗的明信片、一句電影裡的台詞、一首深得人心的背景音樂、一支網路平台上的微電影、捷運上無人在意的廣告、一本筆記本的設計、應用程式的頁面，生活中的所有東西，都是生動的創造，而我們永遠不會知道為了創造它們，創作者花了多少的心血和時間。我喜歡羅伯特．麥基在《故事的解剖》引言中寫到：「故事是生活的隱喻。」我們的日常生活，就是所有故事的來源。

我熱愛去做一個創造什麼的人，雖然這個過程大多都在消耗太多自己，彷彿是把自己一點一點剪裁出來，去成就些什麼，因為沒有事情是無中生有，所有的事都是從失去裡一點一點攢成的。有時候，我感覺自己在冷卻，一點一點地失去滾燙。我常常覺得自己越來越空，越來越虛無，我不知道我的創造力能延續到什麼時候，我不知道自己的色彩會在未來的哪年哪月黯淡消亡，我也不知道明天還有沒有那麼多的自己可以割捨下來，填滿那些仍未到來的創作。但我也喜歡這樣的我，為了自己喜歡的事物消亡，也算是一種甜蜜的消亡。

我喜歡這樣的自己，為喜歡的事物而褪色。

我仍然願意去愛那些會死亡的人事物。就像花必須枯萎，但花很美，因為它會枯萎。喜歡夏天的夜晚，喜歡黏膩，喜歡夜短，喜歡這些不太完美的事物。

夏日即將逝去。

我喜歡稱夏天的尾巴為「殘夏」，意指將盡的夏天，我更喜歡稱它為凋殘的夏天，或者殘酷的夏天，有一種殘缺的悲傷和殘缺的美好。

我一直希望自己的夏天永遠有數不盡的甜，可是沒有製造太多的紀念，夏天已經到站。

我還沒看完初夏買的書，還沒有機會穿去年殘夏為今年盛夏買的短裙，還沒實現夏天的目標，我還沒感謝夏季帶給我的悸動，我還沒和上一季的自己說再見，還沒捨得奔向下一個未知的風景。

我仍然時不時就糾結於原地，仍然常常把自己困在此時此刻。

是殘夏。

夏天的死亡，是秋天的生長，而我在其中，念念不忘，不失所望。

近日斷斷續續把《快樂的死》讀完，喜歡裡面寫的快樂和死亡，卡繆寫到：「快樂不能更多或是更少，當下快樂就是快樂，僅此而已。死亡並不能阻礙些什麼，它只是快樂的一場意外。」就是說，你不能期待你一直快樂，你不會一直快樂，快樂會死亡，因為有不快樂的時候，你才會感到某一刻快樂。

我覺得熱愛死亡的人並不悲傷，而只有去愛那些褪色冷卻的事物，才能更加去愛鮮活的一切。

我怎麼可能不去愛即將凋殘的夏天。它時刻在提醒著我四季的殘忍，可是四季偏偏又代表著新生，它教我去愛下一個季節，下下個季節，還有下下下個季節。而就像是這個夏天消逝一般，下一個夏天也在慢慢靠近。

我在等下一個夏天，下一個夏天也在等我。

後記。

「月亮就像生命一樣，少有圓滿，太多遺憾。」

這是本一言難盡的書。

我不知道怎麼去總結這些文字，它們既不只關於愛情、友情、親情，也不只是單屬光明或者黑暗，它們太過繁碎，也太過真實，文字本身不夠美、不夠準、不夠深、也不夠穩，但是它們真誠，比我本身還要真誠。

我常常聽見別人問我：「你的一天過得怎麼樣？」但是從來沒有人問過我：

「你的夜晚過得怎麼樣？」夜晚比起白天，更加私密，更加晦澀，那些白天無法訴說的心事，夜晚會自動幫你放大，你回到了自己的小房間裡，面對那些深藏的故事，和自己的月亮同寢，每一次晚安都充滿回聲。夜晚十分漫長，無論是夏天還是冬天，夜晚都太過漫長，特別是對於那些已經失去睡眠的人而言，夜晚永遠都是形單影孤的，夜晚永遠都是殘忍的，無論你有沒有開燈，人都無法避免黑夜，也無法避免自己的心臟被悲傷和陰影覆蓋。

夜晚像是虛焦的鏡頭
模糊但巨大
靜默卻洶湧
寬廣而空蕩

所有心事
短促且冗長

既是恆久不變
又是瞬間萬變

這樣的夜晚
適合深銘
也適合遺忘

回想這些年我寫過的絕大部分文字，都始於這些無以名狀的夜晚。記得有讀者問我，為什麼晚上都不睡覺？是睡不著呢？還是不想睡呢？

我說，夜晚是我和自己和解的方式。

書中也有寫到，嚴重的失眠是我身體的缺陷，大概是從高中開始，大部分時間我都睡不著，即使早上很早起床上課，疲憊的身體沒有充分的休息便展開新的一天，學校大量的課業和考試壓力充塞之下，每到夜晚返回自己的房間裡躺臥在床上，意識怎麼樣都不肯關機，就這樣乾瞪著眼到清晨，模模糊糊瞇了一下就又要起床，彷彿已經忘記了睡覺的方法，身體失去了自動入睡的功能。我的每一天都被這樣的夜晚拖累，副作用便是連帶把我的白天也賠上，我失去了休息的時間，同時也因為沒有足夠的休息，失去了那些原本應該往前奔跑的機會。

那時我天天都想死，我不明白這樣生存著的意義是什麼，我既不能活好我的白天，也不能原諒我的黑夜。焦灼和歇斯底里讓我短暫的人生變得黯淡無光，就像是本書的第一篇寫到，如果有什麼可以阻止我清醒，即便是死亡，我也在所不辭，那是我站在十二樓的宿舍陽台，往下看的時候，唯一的感想。

就在一瞬間，我看見了天上的月亮，很多個夜晚，它就在那裡，不動聲色，就在那裡存在著，我甚至也不知道它算不算是活著的事物，可是它一直在，在遙遠的宇宙裡，隨著日出、日落，牽引著地球的潮夕，自轉和公轉著，無論我們有沒有看它，它就在那裡，獨自圓滿，獨自悲傷，獨自流轉。

我恨死夜晚了，可是我喜歡那樣清醒的月亮，無論我快樂與否，它就在那裡，不緊不慢，有自己的星軌。

於是我下定決心要去愛所有的夜晚，我開始習慣在那些睡不著的晚上觀月，看著月亮我就會覺得沒關係，明白到了每個人都有自己的時區，我不必迎合世界，一定要在夜裡深眠。

習慣夜晚之後，我漸漸開始喜歡夜晚，覺得夜晚也挺好的，安靜的、緩慢的、孤寂的、廣闊的，連同那些模糊而巨大的時間都變得溫和了，我可以在這樣的夜裡，把注意力放在自己身上，我可以盡情做自己喜歡的事，我可以聽見心臟的微響，可以去摸索世界真實的模樣。

夜晚是輕柔的萬象。
可以讓人心涼，也可以讓人心安。
可以讓人難過，但又能包容難過。

我一直不喜歡自己太過敏感這個缺點。成為一個高敏的人很累，因為體諒他人的痛苦，洞察和共情世間的悲傷和失落，有時候會反彈到自己的身上，往往會讓自己深陷進那樣的情緒中，無法自拔。

可是就像是我已經學會去愛夜晚一樣，我也學會了去愛自己的敏感。

因為這樣高敏感的自己，讓我更加能夠體會人間許多的情感，我能感受到快樂、傷心、失望、期盼、崩潰、不捨、憐愛、疼惜、絕望、歡喜、厭惡、妒嫉、自卑、僥倖等一切極喜或極悲的情緒，這曾經是我在服藥期間，斷絕所有情感後最羨慕的一件事。這些深切的感受成就了許多文字，成就了如今的我所有的創作動力，也形成了我對世界的善意和柔情，我希望看到這裡的你，不要去討厭自己的敏感，每一個細微的感受都珍貴，每一份同理心和善意都在使人間變得更加美好。

書中的一切，皆是夜晚的證明，它們實在不夠美好，可是我想也都無所謂了，即使不夠圓滿，滿懷遺憾，我也決定去熱愛它們。

我仍然願意深陷這樣的人間。

想起霍金的話：「記得仰望星空，而非注目腳下。保持好奇心。無論生活多艱難，總有一些事情你能做到並取得成功。重要的是你不要放棄。」月亮是我想要熱愛夜晚的理由，夜晚是我想要熱愛世界的過程，生活不會無往不利，夜晚不總是閃閃發光，生命就像是月亮的盈虧那樣，月圓的日子可能只佔生命中極少的時間，我們難免被歲月擦傷，更多的時候生命都充滿各種各樣我們至今都無法消除的遺憾，但是，月亮最溫柔的地方，就在於它永遠在勇往，永遠在奔赴下一次圓滿。

最後，感謝看到這裡的你，想引用一句我很喜歡的詩句，來自海子的〈亞洲銅〉——

我們把在黑暗中跳舞的心臟叫做月亮
這月亮主要由你構成

願你不再糾結於成為誰的光。
願你終能熱愛世間一切不夠明朗的事物。
願你樂於成為自己的月亮，學會和自己說晚安。

不朽

2021/08/16 01:39 TAIPEI

月亮是夜晚唯一的光芒

作　　者｜不 朽

發 行 人｜林隆奮 Frank Lin
社　　長｜蘇國林 Green Su

出版團隊
總 編 輯｜葉怡慧 Carol Yeh
企劃編輯｜鄭世佳 Josephine Cheng
責任行銷｜朱韻淑 Vina Ju
裝幀設計｜森田達子 sentiandazi
版面構成｜張語辰 Chang Chen

行銷統籌
業務處長｜吳宗庭 Tim Wu
業務專員｜鍾依娟 Irina Chung、李沛容 Roxy Lee
業務秘書｜陳曉琪 Angel Chen、莊皓雯 Gia Chuang
行銷主任｜朱韻淑 Vina Ju

發行公司｜悅知文化　精誠資訊股份有限公司
105台北市松山區復興北路99號12樓
訂購專線｜(02) 2719-8811
訂購傳真｜(02) 2719-7980
專屬網址｜http://www.delightpress.com.tw
悅知客服｜cs@delightpress.com.tw
ISBN：978-986-510-175-6
建議售價｜新台幣360元
初版一刷｜2021年09月　　初版13刷｜2024年08月

國家圖書館出版品預行編目資料

月亮是夜晚唯一的光芒/不朽著. -- 初版. --
臺北市：精誠資訊股份有限公司, 2021.09
面；　公分
ISBN 978-986-510-175-6 (平裝)

855　　110014979

建議分類｜華文創作、散文

悅知文化
Delight Press

線上讀者問卷 TAKE OUR ONLINE READER SURVEY

快樂雖是一時的，
缺憾也是一時的。
像月亮總是在奔赴圓滿，
卻又滿懷遺憾。

——《月亮是夜晚唯一的光芒》

請拿出手機掃描以下QRcode或輸入
以下網址，即可連結讀者問卷。
關於這本書的任何閱讀心得或建議，
歡迎與我們分享 :)

https://bit.ly/3gDIBez

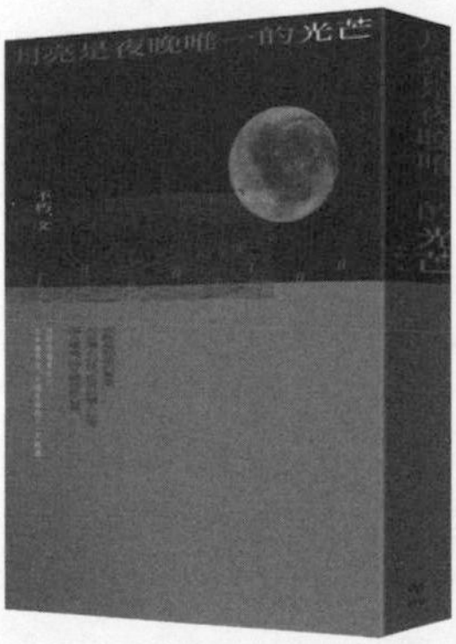